今天如何读经典

刘　勇　李春雨◎主编

暗夜独行

今天如何读鲁迅

刘旭东 著

中国人民大学出版社
·北京·

图书在版编目（CIP）数据

暗夜独行：今天如何读鲁迅 / 刘旭东著. -- 北京：中国人民大学出版社，2021.3
（今天如何读经典 / 刘勇，李春雨主编）
ISBN 978-7-300-29023-2

Ⅰ．①暗… Ⅱ．①刘… Ⅲ．①鲁迅著作研究 Ⅳ．①I210.97

中国版本图书馆CIP数据核字（2021）第034198号

今天如何读经典
刘　勇　李春雨　主编
暗夜独行：今天如何读鲁迅
刘旭东　著
Anye Duxing: Jintian Ruhe Du Lu Xun

出版发行	中国人民大学出版社		
社　　址	北京中关村大街31号	邮政编码	100080
电　　话	010-62511242（总编室）	010-62511770（质管部）	
	010-82501766（邮购部）	010-62514148（门市部）	
	010-62515195（发行公司）	010-62515275（盗版举报）	
网　　址	http://www.crup.com.cn		
经　　销	新华书店		
印　　刷	天津中印联印务有限公司		
规　　格	148mm×210mm　32开本	版　次	2021年3月第1版
印　　张	5.75　插页1	印　次	2024年9月第4次印刷
字　　数	97 000	定　价	32.00元

版权所有　　侵权必究　　印装差错　　负责调换

引言

现代文学第一人

> **导读**
>
> 在中国现代文学史上，鲁迅并没有第一个发起文学革命和提倡新文学，也不是最早进行现代白话文学创作的，他的创作总量肯定不是最多，甚至连长篇小说都没有写过，那为什么他还被称为"现代文学第一人"？

今天为什么读鲁迅？往复杂里说，这本书肯定不够用。往简单里说，也许一句话就够了：鲁迅是"现代文学第一人"。

当然，有人会质疑这句话的严谨性。从提倡文学革命的时间看，胡适是当之无愧的第一人。早在美国留学期间，胡适就跟他的朋友梅光迪、任鸿隽等人提出"文学革命"的想法，所谓"新潮之来不可止，文学革命其时矣"。虽然遭到激烈反对，但他义无反顾，并在1917年1月出版的《新青年》第2卷第

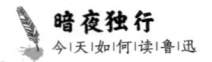

5号上发表了《文学改良刍议》一文,提出从"八事"入手进行文学改良。尽管胡适经权衡没使用"文学革命"的概念,但他在该文旗帜鲜明地给出预言:"然以今世历史进化的眼光观之,则白话文学之为中国文学之正宗,又为将来文学必用之利器,可断言也。"学界一般把这篇文章当成文学革命的开始,也作为现代文学的起点。而此时的鲁迅正每天埋首于绍兴会馆抄古碑。从开始白话文学创作的时间看,鲁迅也算不上第一人。为了印证其文学革命理论,从1916年开始,胡适就着手白话诗的创作,为日后中国第一部白话新诗集《尝试集》打下基础。即便是在小说领域,也早有学者指出,李劼人、陈衡哲均有早于鲁迅第一篇白话小说《狂人日记》的现代小说创作。不仅如此,鲁迅文学创作的总量并不多,只有《呐喊》《彷徨》《故事新编》三部小说集、《朝花夕拾》《野草》两部散文集、十几部杂文集等。因为没有长篇小说,以至于还遭到王朔质疑:"我认为鲁迅光靠一堆杂文几个短篇是立不住的,没听说过世界文豪只写过这点东西。"那为什么我们还得出鲁迅是"现代文学第一人"的论断?

中国现代文学的开始,一般认为以胡适发表《文学改良刍议》为起点。他在该文中提出从"八事"入手进行文学改良:

引言
现代文学第一人

"一曰，须言之有物。二曰，不模仿古人。三曰，须讲求文法。四曰，不作无病之呻吟。五曰，务去滥调套语。六曰，不用典。七曰，不讲对仗。八曰，不避俗字俗语。"

文学评论家谢有顺在一次学术会议发言中指出："当代文学的成就很多方面已全面超越现代文学——这么简单的事实，很多人都不愿意直面而已。"当代文学的成就是否真的超越了现代文学，这是学术问题，不同立场、不同学术领域的学者得出的结论也许会不一样。但在涉及鲁迅时，谢有顺依然承认，"除了短篇小说和杂文的成就，因为有鲁迅在，不能说当代超越了现代"[1]。也就是说，无论对中国现代文学的整体成就评价如何，就鲁迅所涉足的创作领域，大家依然公认他为20世纪以来中国文学的最高峰。

首先是小说创作。为什么已经有了早于鲁迅的现代短篇白话小说创作，学界仍然把鲁迅的《狂人日记》作为中国现代文

---

[1] 引自谢有顺《到了该公正对待当代文学成就的时候了》一文，出自谢有顺微信公众号"谢有顺说小说"。该文是其2015年11月15日在第五届中国新锐批评家高端论坛（成都）上的发言稿。按学界通常的划分法，一般把从1917年1月胡适《文学改良刍议》的发表，到1949年7月中华全国文学艺术工作者大会的召开（简称第一次文代会）这一时期的中国文学称为"中国现代文学"，1949年7月至今的文学称为"中国当代文学"。

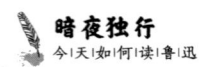

学史上第一篇真正意义上的白话小说？这不仅是白话的问题，更重要的在于《狂人日记》深刻的思想内涵、现代感十足的小说形式以及深远的影响力。鲁迅的小说创作几乎一篇一种形式，他凭一己之力为现代小说的文体探索开山铺路，而且成为难以逾越的高峰。学者李陀曾经在一次访谈中指出："我觉着从'五四'到现在，除了鲁迅先生以外，没有人写过我理想中的现代小说。鲁迅的《狂人日记》，包括他的《阿Q正传》，包括他的《故事新编》，包括他的《野草》，写作的现代感那么足，真是一个奇迹，没法解释的奇迹。鲁迅先生是了不起。"[1]

其次是散文创作。仅凭《朝花夕拾》和《野草》两本集子，鲁迅就和其兄弟周作人一起被誉为中国现代文学史上最优秀的散文大家。《朝花夕拾》不以"载道"为立意，不正襟危坐开坛布道，而是以聊家常的架势回忆百草园、三味书屋、家乡的女鬼以及和猫的恩怨等，这一聊聊出了现代散文的日常感、生活味。《野草》则向内开掘，以无所畏惧的姿态深探自己的内心，开拓了现代散文的诗性与智性。

当然，还有杂文创作。杂文可以说是鲁迅一己开创的文体，在他生命的最后十年，他最主要的精力是花在杂文写作

---

[1] 引自李陀的访谈《从五四到现在，除了鲁迅先生以外，没有人写过我理想中的现代小说》，出自公众号"活字文化"，2018年8月7日，采写：刘净植。

上，由此还开拓了一条"鲁迅风"的写作流脉。但不管此后有多少人加入这个创作队伍，鲁迅"寸铁杀人"般的杂文文风依然是最犀利、最深刻的风景线。

【经典品读】

《鲁迅自传》（1930年5月16日）中对个人创作的概述

我在留学时候，只在杂志上登过几篇不好的文章。初做小说是一九一八年，因为一个朋友钱玄同的劝告，做来登在《新青年》上的。这时才用"鲁迅"的笔名（pen-name）；也常用别的名字做一点短论。现在汇印成书的有两本短篇小说集：《呐喊》，《彷徨》。一本论文，一本回忆记，一本散文诗，四本短评。别的，除翻译不计外，印成的又有一本《中国小说史略》，和一本编定的《唐宋传奇集》。

画家陈丹青曾感叹现代文学作家都很"好看"。郭沫若、茅盾、老舍、冰心的模样，"各有各的性情与分量"；胡适、梁实秋、沈从文、张爱玲，"也各有各的可圈可点"；尤其是胡适，"真是相貌堂堂"。但他接着说："可是我看来看去，看来看去，还是鲁迅先生样子最好看。"以现今"颜值"的标

准，你会觉得陈丹青说得很夸张，但这是一个画家的视角和眼光，这"好看"的样子里面浸透的还是对鲁迅的思想、才华和命运的判断："所以鲁迅先生的模样真是非常非常配他，配他的文字，配他的脾气，配他的命运，配他的地位与声名。我们说起'五四'新文学，都承认他是头一块大牌子，可要是他长得不像我们见到的这副样子，你能想象么？"①在画家的眼中，鲁迅依然是"现代文学第一人"。

鲁迅

更有意思的是，鲁迅在"论敌"的眼中也是"现代文学第一人"。中国现代文学史上，鲁迅与陈西滢的恩怨众所皆知。1924年底，因抗议校长杨荫榆无理开除三名学生，北京女子师范大学爆发风潮。为压制学潮，校方不惜派出打手，甚至打伤

---

① 陈丹青.笑谈大先生.桂林：广西师范大学出版社，2011：14-15.

学生。鲁迅坚决站在学生一边；陈西滢则从貌似公允的角度，对鲁迅含沙射影，认为学潮是鲁迅等浙江籍教师鼓动的结果。在此后的论战中，陈西滢还诬陷鲁迅的《中国小说史略》抄袭了日本学者盐谷温的《支那文学概论讲话》。但在苏雪林的日记中，记载了一次与陈西滢的谈话，其中，陈西滢认为，在新文学作家中，只有鲁迅能称得上"中国现代第一流作家"，此外则推沈从文。由此可见，无论陈西滢如何污蔑、贬损鲁迅，他依然不得不承认鲁迅的才华和成就。

鲁迅成为"现代文学第一人"并非偶然。他经历丰富：既遭遇了家庭"从小康坠入困顿"，又承受了母亲加之于身上的不幸婚姻；既经历过以办刊、译书立人的失败，又亲见民国建立后的种种黑暗。他思想深刻：他是少有的具备自身哲学思想的现代作家，尽管有人质疑他的思想不成体系，但他思想中的一些核心命题是贯穿创作始终的。他学养深厚：他学贯中西，有人编了一部《鲁迅读过的书》，第一编提到国学类1 552种，第二编提到现代类496种，第三编提到西学类1 189种，第四编提到综合类996种。且不去讨论这种分类是否合理，仅从鲁迅所阅读书籍的数量来看，已是很惊人。尤其在国学方面，鲁迅曾劝年轻人少读甚至不读中国书，而他自己的国学素养却堪称大师级。

上述所说合力促成了鲁迅"现代文学第一人"的地位，但最重要的因素，还是他与同代人相比更深的文学自觉。

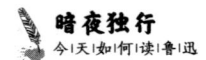

"五四"新文化运动是一次以文化启蒙为手段的救国运动,而通过文学传播新思想、改造国人精神是其中重要的内容。陈独秀、胡适、钱玄同、刘半农、周作人、鲁迅等人都以不同的角色在其中发挥各自的作用。我们常常说鲁迅是"弃医从文",但这并非他一个人的选择:胡适原本学农,田汉学过海军和教育,徐志摩在美国学的是经济,阿英学土木工程,郁达夫先学医、后学法律和经济,洪深学过陶瓷,夏衍学过电工技术,郑振铎是铁路管理学校毕业,丁西林是著名的物理学家,等等。而中国几千年的文学从未像五四时期那样,受到如此空前的重视——几乎所有的有识之士都把眼光和兴趣集中到了文学上面。但在新文学方面取得了一定的成绩后,当初的主将们纷纷离开了这个阵营,有些直接组党进行政治革命去了,有些则埋首故纸堆开始整理国故,有些则不甘寂寞投身政治活动。只有鲁迅依然坚守在这个战场,虽然常感"荷戟独彷徨"的孤独。在胡适的日记中,记载了他对鲁迅、周作人的一次造访:"豫才深感现在创作文学的人太少,劝我多作文学。我没有文学的野心,只有偶然的文学冲动。我这几年太忙了,往往把许多文学的冲动错过了,很是可惜。将来必要在这一方面努一点力,不要把我自己的事业丢了来替人家做不相干的事。"[①] 这是一次

---

① 胡适.胡适日记全编:3.合肥:安徽教育出版社,2001:569.

很有历史意味的会面。相比开启现代文学的胡适，鲁迅有更深的文学自觉，因而在文学创作上，无论表现内容的深度，还是表现形式的丰富度，都超越了同代人。

【我来品说】

> 1. 从上文的分析中，你是否能总结出：鲁迅为什么被称为"现代文学第一人"？他在中国文学史上有什么样的贡献？
> 2. 你读过鲁迅哪些作品？印象最深的是哪个？你对鲁迅的评价如何？

目 录

第一章　暗夜独行：惯于长夜过春时

　　从小康人家坠入困顿　// 004
　　走异路，逃异地，求新知　// 009
　　立人：鲁迅文学活动的起点和旨归　// 015

第二章　铁屋中的"呐喊"

　　不能忘却的"梦"　// 024
　　一出手便是高峰　// 030
　　一篇一个形式　// 044

第三章　荷戟独"彷徨"

　　鲁迅不是主将　// 054
　　在寂寞里奔驰　// 060

第四章　地狱边沿的"野草"

　　《野草》是梦之书　// 074

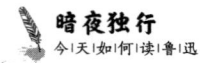

寂寞中的两株"枣树" // 080

在诗与散文之间 // 089

第五章 "朝花"怎样"夕拾"

为什么"旧事重提" // 098

他们也许要哄骗我一生 // 103

"真是古今少有的书" // 110

第六章 故事如何新编

从"油滑"开始 // 118

无非《不周山》 // 124

"创造"的鲁迅与鲁迅的"创造" // 133

第七章 寸铁杀人的杂文写作

杂文是鲁迅的心史 // 146

从"人之子"到"人之父" // 153

是投枪，也是匕首 // 161

第一章 暗夜独行：惯于长夜过春时

> **导读**
>
> 鲁迅出生在中国历史发展过程中的"黑夜"期，少时家庭的变故也加剧了这种"黑夜"体验。鲁迅正是在茫茫黑夜中走异路、去异地、求新知，最终寻找到和确立了以文学"立人"的志业，即便无人呼应，也孤独前行。

第一章
暗夜独行：惯于长夜过春时

鲁迅在1931年写过一首七律《无题》，首句便是"惯于长夜过春时"。虽然该诗是写于柔石等年轻人被国民党反动派杀害的背景下，但"惯于长夜过春时"真正道出了鲁迅一生的写照。鲁迅出生于1881年9月25日，对中国历史而言，这是不折不扣的"黑夜"。1881年，也是清德宗光绪七年，名义上光绪为清王朝的皇帝，实际上慈禧才是最高掌权者。这一年，清政府与沙俄签订了《中俄伊犁条约》及补充文件《中俄改订陆路通商章程》。根据此条约，沙俄虽然归还了伊犁，却割去了伊犁霍尔果斯河以西、伊犁河以北的大片土地，清政府还赔偿给沙俄军费白银500余万两。其实，这次的割地赔款额在1840年以来清政府与列强的历次和谈签约中算较小的。在其后的《马关条约》《辛丑条约》中，清政府屡次丧权辱国，中国沦为列强的半殖民地。可以说，鲁迅出生的前后年代正是中国历史的漫漫长夜。当然，年幼的鲁迅对此还没有感觉，他首先要面对的是人生的长夜。

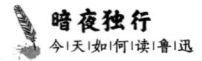

从小康人家坠入困顿

鲁迅1881年9月25日出生于浙江绍兴府会稽县（今绍兴市）东昌坊新台门周家。这时期的他既不叫鲁迅也不叫周树人，小名阿张，学名樟寿，号豫山，后改豫才。此时的鲁迅还感受不到人世的艰难，因为他的家境算是相当不错。周家是耕读世家，祖父周福清中过进士，外放过知县，鲁迅出生时他正在北京做着七品京官，虽说品级不高，收入不多，但放在绍兴当地算是官宦之家。据鲁迅自己回忆，家里也不愁生计，"父亲是读书的；母亲姓鲁，乡下人，她以自修得到能够看书的学力。听人说，在我幼小时候，家里还有四五十亩水田，并不很愁生计"①。

在《朝花夕拾》这本回忆性散文集中，我们能感受到鲁迅童年生活的平静和快乐：宁静的夏夜，他躺在一株大桂树下的小板桌上乘凉，祖母摇着芭蕉扇坐在桌旁给他猜谜、讲故事；告假回家的保姆长妈妈，回来后给他带来四本心爱的宝

---

① 鲁迅.集外集·俄文译本《阿Q正传》序及著者自叙传略//鲁迅全集：第7卷.北京：人民文学出版社，2005：85.

第一章
暗夜独行：惯于长夜过春时

书，里面有人面的兽、九头的蛇；在冬天的百草园里，扫开一块雪，露出地面，用一支短棒支起一面大的竹筛来，下面撒些秕谷，棒上系条长绳，然后远远地牵着，等着鸟雀来啄食，然后罩住；即便在号称全城最严厉的书塾，也能够趁先生读书入神的时候，用一种叫作"荆川纸"的东西蒙在小说的绣像上画画。

家庭的变故发生于1893年。鲁迅的曾祖母于当年2月病逝，按制祖父回乡丁忧。恰好在同月，朝廷因庆祝第二年的慈禧六十大寿，加开了一次恩科乡试，也就是意味着全国的秀才们多了一次考举人的机会。对周家来说这个机会尤其可贵，因为浙江省的正主考殷如璋与周福清是同科进士，有同年之谊，周家亲友有应试的都来托周福清打通关节。应该说，在晚清官场卖官鬻爵、科场舞弊已然成风，而鲁迅父亲刚好也要应举，所以周福清带着亲友凑出的一万两银票和附有六位考生姓名的信函拜访自己的同年。因投递信函的仆人鲁莽，事情败露，周福清被捕入狱。在清朝，科场舞弊的处罚极重。祖父一开始被判斩监候，等待秋后处决；后来免于勾决，但依然被关于杭州府的牢狱中。祸不单行的是，祖父还在牢狱中，父亲又一病不起，治了两年，在1896年10月去世。

这场变故对鲁迅的打击是多重的。首先，家里的经济状况从此一蹶不振。为祖父案件疏通关系所费巨大；祖父在杭州府

绍兴鲁迅故里百草园（供图 签约供稿人/视觉中国）

坐牢的种种花销也由家里开支；父亲生病的几年中到处求医问药，耗费不小，也最终没能挽回性命。就这样，家里的一点产业全被质卖。其次，在家道中落的过程中，鲁迅感受到了人心的凉薄。鲁迅在自传里写过，祖父科场案刚起的那段时间，他寄住在一个亲戚家里，有时被称为乞食者。周作人在后来的回忆文章中也提及这件事："鲁迅被寄在大舅父怡堂处……曾在那里被人称作'讨饭'，即是说乞丐。""这个刺激的影响很不轻，后来又加上本家的轻蔑与欺侮，造成他的反抗的感情，与日后离家出外求学的事情也是很有关连的。"[1]所以，鲁迅才会感叹："有谁从小康人家而坠入困顿的么，我以为在这途路中，大概可以看见世人的真面目。"[2]再次，家道的衰落直接影响了鲁迅的人生道路。因为经济困窘，家里已无力供鲁迅走正常的科举之路，而他又不愿做幕友或商人——这是绍兴没落子弟常走的两条路。最后，他只能选择去南京投考新学堂，这在当时被"以为是一种走投无路的人，只得将灵魂卖给鬼子，要加倍的奚落而且排斥的"[3]。

【经典品读】

《〈呐喊〉自序》中关于父亲生病以后的段落

我有四年多，曾经常常，——几乎是每天，出入于质铺和药店里，年纪可是忘却了，总之是药店的柜台正和我一样高，质铺的是比我高一倍，我从一倍高的柜台外送上衣服或首饰去，在侮蔑里接了钱，再到一样高的柜台上

---

[1] 周作人.鲁迅的青年时代//周作人自编集·鲁迅的青年时代.止庵，校订.北京：北京十月文艺出版社，2013：14.

[2] 鲁迅.《呐喊》自序//鲁迅全集：第1卷.北京：人民文学出版社，2005：437.

[3] 同②437-438.

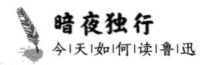

> 给我久病的父亲去买药。回家之后,又须忙别的事了,因为开方的医生是最有名的,以此所用的药引也奇特:冬天的芦根,经霜三年的甘蔗,蟋蟀要原对的,结子的平地木……多不是容易办到的东西。然而我的父亲终于日重一日的亡故了。
>
> 有谁从小康人家而坠入困顿的么,我以为在这途路中,大概可以看见世人的真面目。

当然,我们站在现在往回看,或许会庆幸地认为,如果没有周福清的科场案和入狱,如果没有鲁迅父亲的一病不起和最终离世,如果没有家道中落后周边亲友的人情凉薄,那阿张或者周樟寿就可能成为不了周树人,更别说鲁迅了。但对当时的鲁迅而言,他看不到未来是什么,唯一所能感受到的就是人生的漫漫长夜。

走异路，逃异地，求新知

1898年4月的鲁迅，带着母亲为他准备的八元川资，"走异路，逃异地"，前往南京求学。他之所以到南京，是因为他有个远房叔祖父在江南水师学堂教书，周树人这个名字也是这位叔祖父所取，"那时学校初办，社会上很看不起，水陆师学生更受轻视，以为是同当兵差不多，因此读书人觉得不值得拿真名字出去，随便改一个充数"[1]。但鲁迅并不喜欢水师学堂的风气，也不喜欢这位叔祖父，所以在几个月后转投江南陆师学堂附设的矿路学堂，在这里一直待到1902年1月。

在南京求学的近四年，正是中华大地风云涌动的时期。此时的清王朝刚刚经历甲午战争的惨败。割地、赔款，使原本就千疮百孔的国民经济更加凋敝；战争的失败进一步暴露出国力的虚弱，愈加激起了列强瓜分的欲望。内忧外患终于激起了朝廷内外知识阶层革新的诉求，以康有为为首的维新派最终

---

[1] 周作人.椒生//周作人自编集·鲁迅的故家.止庵，校订.北京：北京十月文艺出版社，2013：115.

获得光绪的认可，掀起了轰轰烈烈的百日维新。维新虽然很快失败，但由此所引发的对中华民族前途的关注和对新学的热忱持续激荡在鲁迅这一批年轻的求学者心中。鲁迅曾提及他初看《天演论》时的反应："哦，原来世界上竟还有一个赫胥黎坐在书房里那么想，而且想得那么新鲜？一口气读下去，'物竞''天择'也出来了，苏格拉底、柏拉图也出来了，斯多噶也出来了。"虽然受到那位本家叔祖父的管教，但他仍然觉得自己没什么不对，"一有闲空，就照例吃侉饼、花生米、辣椒，看《天演论》"①。

《天演论》

《天演论》译自英国生物学家赫胥黎的《进化论与伦理学》一书。赫胥黎自称"达尔文的斗犬"，这本书正是宣传达尔文生物进化论的通俗读本。严复选择了该书的部分导言和讲稿的前半部分，以《天演论》为名翻译出版。该书于1898年正式出版，引起中国思想界的强烈震动。该书的核心观点是：自然界的生物不是亘古不变的，而是不断进化的，进化的根本原因在于"物竞天择"。所谓"物竞"就是生存竞争，所谓"天

---

① 鲁迅.朝花夕拾·琐记//鲁迅全集：第2卷.北京：人民文学出版社，2005：306.

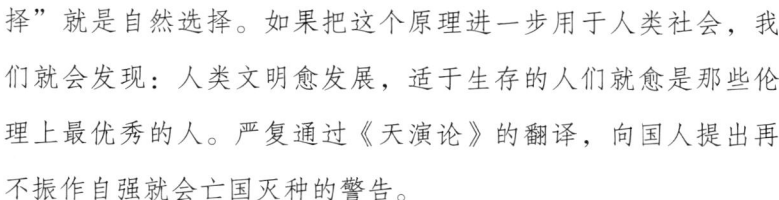

择"就是自然选择。如果把这个原理进一步用于人类社会,我们就会发现:人类文明愈发展,适于生存的人们就愈是那些伦理上最优秀的人。严复通过《天演论》的翻译,向国人提出再不振作自强就会亡国灭种的警告。

多年以后,鲁迅在一次讲演中自称首先正经学习的是开矿,"叫我讲掘煤,也许比讲文学要好一些"[①]。一方面,这自是讲演之始的调侃;另一方面,这也并非自谦,他是以一等生的成绩从矿路学堂毕业,还获得了官费留学日本的资格。于是,他又将去到更远的异地,遇到更为别样的人们。

1902年4月,鲁迅来到日本。如果说四年前选择去南京求学的鲁迅主要出于生存的需要,那这次赴日求学,则是由于他满怀着对新知的渴求和救国的抱负。但事情并不顺利。鲁迅在南京就读的是江南陆师学堂附设的矿路学堂,这次赴日的有22名江南陆师学堂的毕业生和6名矿路学堂的毕业生。原本计划的是进成城学校就读——这是陆军士官学校的预备学校。如果鲁迅当初进的是该校,不但他自己的命运可能改写,连中国现代文学史也会呈现另一番面貌。可成城学校只接受了江南陆师学堂

[①] 鲁迅.而已集·革命时代的文学//鲁迅全集:第3卷.北京:人民文学出版社,2005:436.

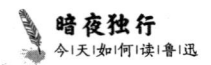

本部的那22名学生，鲁迅他们则改进了弘文学院——这所新办的学校是为初到日本的留学生补习日语和相关基础知识的。

日本是中国革命家的摇篮，鲁迅在这里接触到了章太炎、孙中山、邹容、黄兴、徐锡麟、秋瑾等日后均鼎鼎大名的革命家。但鲁迅并没有选择跟他们同样的道路，而是于1904年9月进了地处偏僻乡间的仙台医学专门学校。

鲁迅选择学医大概有几个方面的原因：一是因为少年时为父亲求医治病的经历。鲁迅在不同的文章里都提及此事。为给父亲治病，鲁迅几乎请遍了绍兴城里所有的名医，治了两年，也被折腾了两年。比如寻找药引一项：找过经霜三年的甘蔗；也用过蟋蟀一对，要原配，即本在一窠中；还有平地木十株，谁也不知道是什么东西。多年以后，鲁迅以调侃的语气写道："似乎昆虫也要贞节，续弦或再醮，连做药资格也丧失了。"[1]父亲最终病逝了，鲁迅也就此丧失了对中医的信心，认为"中医不过是一种有意的或无意的骗子"[2]。

鲁迅学医的另一个原因则是因为日本的明治维新大半发端于西方医学。鲁迅东渡日本本就怀抱救国图强的愿望，日本

---

[1] 鲁迅.朝花夕拾·父亲的病//鲁迅全集：第2卷.北京：人民文学出版社，2005：296.

[2] 鲁迅.《呐喊》自序//鲁迅全集：第1卷.北京：人民文学出版社，2005：438.

第一章
暗夜独行：惯于长夜过春时

的强大源于西方医学在近代的传播，日本的医学教育又非常发达，这自然也成为他选择学医的动因。

【经典品读】

《〈呐喊〉自序》中关于鲁迅选择学医原因的段落

我还记得先前的医生的议论和方药，和现在所知道的比较起来，便渐渐的悟得中医不过是一种有意的或无意的骗子，同时又很起了对于被骗的病人和他的家族的同情；而且从译出的历史上，又知道了日本维新是大半发端于西方医学的事实。

因为这些幼稚的知识，后来便使我的学籍列在日本一个乡间的医学专门学校里了。我的梦很美满，预备卒业回来，救治像我父亲似的被误的病人的疾苦，战争时候便去当军医，一面又促进了国人对于维新的信仰。

鲁迅就此开启了他的学医之路。运气还不错，虽然在仙台的吃住不太理想，部分心胸狭窄、蔑视华人的日本同学对他也不大友善，但他遇到了一位让他终身感怀的好老师：藤野先生。藤野是他的解剖学老师，解剖学是医学生非常重要的一门课程。藤野对于这位中国学生非常照顾，常常帮鲁迅订正讲义

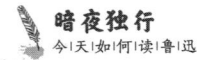

中的错误,甚至连文法错误也一一订正。这一方面出自他高度的职业道德感和良善的本性;另一方面出自他也希望鲁迅能够把现代医学带回中国,发扬光大。如果就此下去,鲁迅也许能成为一名不错的医生:他的成绩不算好,但也不坏;回国以后一方面可以救治如他父亲似的被误的病人,另一方面在个人生活上也还能过得不错。但鲁迅最终还是选择了放弃学医、离开仙台。

藤野先生赠鲁迅照片

第一章
暗夜独行：惯于长夜过春时

立人：鲁迅文学活动的起点和旨归

鲁迅放弃学医的原因在他的文章中说得很清楚。在仙台医专学习期间，老师常常会放一些风景或时事的影片给学生看，以打发一堂课中多余的时间。"有一回，我竟在画片上忽然会见我久违的许多中国人了，一个绑在中间，许多站在左右，一样是强壮的体格，而显出麻木的神情。据解说，则绑着的是替俄国做了军事上的侦探，正要被日军砍下头颅来示众，而围着的便是来赏鉴这示众的盛举的人们。"[1]这是鲁迅在《〈呐喊〉自序》中的描述，这些场景他在《藤野先生》中也曾提及，只不过"砍头"变成了"枪毙"。不管是"砍头"还是"枪毙"，国人围观同胞被杀的"麻木"都刺激了鲁迅，日本同学为这些影片的欢呼声也刺激了鲁迅，他突然觉得：我的医术学得再好，我救治的国人再多，他们的精神不改变，也只能做毫无意义的示众材料和麻木的看客，那我还坚持在这群对自己并

---

① 鲁迅.《呐喊》自序//鲁迅全集：第1卷.北京：人民文学出版社，2005：438.

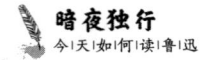

不友好的同学中学医干什么呢？在此时的鲁迅看来，救治国人身体上的疾病已经没那么重要了，最为迫切的是要改变国人的精神，而最适合改变精神的便是文艺。因此，鲁迅回到东京提倡文艺运动，第一步便是办杂志《新生》。这就是我们通常所说的鲁迅的"弃医从文"。

【经典品读】

《〈呐喊〉自序》中关于鲁迅"弃医从文"的段落

这一学年没有完毕，我已经到了东京了，因为从那一回以后，我便觉得医学并非一件紧要事，凡是愚弱的国民，即使体格如何健全，如何茁壮，也只能做毫无意义的示众的材料和看客，病死多少是不必以为不幸的。所以我们的第一要著，是在改变他们的精神，而善于改变精神的是，我那时以为当然要推文艺，于是想提倡文艺运动了。在东京的留学生很有学法政理化以至警察工业的，但没有人治文学和美术；可是在冷淡的空气中，也幸而寻到几个同志了，此外又邀集了必须的几个人，商量之后，第一步当然是出杂志，名目是取"新的生命"的意思，因为我们那时大抵带些复古的倾向，所以只谓之《新生》。

第一章
暗夜独行：惯于长夜过春时

鲁迅的"弃医从文"既不是一种姿态，也不是空洞的宣告，而是深思熟虑后的人生选择，它有着实际的内容和明确的指向。许寿裳曾在回忆文章中提及，鲁迅在弘文学院学习时常常思考三个相关的大问题：

一、怎样才是最理想的人性？
二、中国的国民性中最缺乏的是什么？
三、它的病根何在？①

在许寿裳看来，鲁迅之所以毅然决然地弃医从文，其目标之一就是想解决这些问题，这些也是他毕生孜孜不懈思考的问题。探讨何为最理想的人性，检讨中国国民性中的缺失，找出这种缺失的病根并试图予以解决，这些呼之欲出的目标就是要建立最理想的国民性，或者用个更简洁的概念：立人。鲁迅在随后的《文化偏至论》中明确指出，欧美国家的富强，最根本的原因在于人的健全，如果中国真要取得与这些国家平等生存的权利，最重要的是立人，人立之后凡事都可以顺利进行了。②要实现立人的目标，最好的办法便是从事文艺运动，在东京时

---

① 许寿裳.亡友鲁迅印象记.桂林：广西师范大学出版社，2010：23.
② 鲁迅.坟·文化偏至论//鲁迅全集：第1卷.北京：人民文学出版社，2005：58.

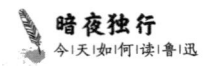

期的鲁迅看来，具体便是办刊和译书。

【经典品读】

《文化偏至论》中关于"立人"的段落

然欧美之强，莫不以是炫天下者，则根柢在人，而此特现象之末，本原深而难见，荣华昭而易识也。是故将生存两间，角逐列国是务，其首在立人，人立而后凡事举；若其道术，乃必尊个性而张精神。假不如是，槁丧且不俟乎一世。

然而，最初的工作进展得并不顺利。首先是《新生》的流产。当时留日学生也有人办杂志，但纯粹讲文学的没有，很多人对此并不抱期待。从开始时的踌躇满志，到出版之期接近时原先答应撰稿的无声退出，再到原本打算出资的也抽身而去，最后只剩鲁迅、周作人兄弟和好友许寿裳三人。其次是《域外小说集》出版后反响的冷淡。刊物没办成，鲁迅转而翻译介绍外国小说。1909年2月，他与周作人一起翻译出版了《域外小说集》第一册，四个月后出版第二册，集中翻译了俄国、波兰、波斯尼亚及英美法等国小说16篇。这项工作后来得到胡适的高度评价，但在当时几无反响。两册分别印了1 000册和500册，但

第一章
暗夜独行：惯于长夜过春时

在东京和上海两地都只分别卖出20册左右，以致计划中的第三册也流产了。但无论如何，种子已经种下，"立人"成为鲁迅后来全部文学活动的起点和旨归。这也就能够理解，在鲁迅意志消沉多年的1917年，当老朋友钱玄同请他出山为《新青年》撰稿时，他虽然十分怀疑这项工作成功的可能性有多大，却依然拿起笔发出"铁屋"中的"呐喊"。这也就能够理解，当《新青年》的战友们退隐的退隐、高升的高升时，鲁迅却依然坚守在旧战场上。

当然，需要说明的是，东京时期文艺活动的失败也在鲁迅的深层精神结构中催生了怀疑的惯性思维。那种孤独的印记太过深刻，以至于当他回想起《新生》的流产时，他不无自嘲地说道："凡有一人的主张，得了赞和，是促其前进的，得了反对，是促其奋斗的，独有叫喊于生人中，而生人并无反应，既非赞同，也无反对，如置身毫无边际的荒原，无可措手的了，这是怎样的悲哀呵，我于是以我所感到者为寂寞。"[1] 人生最痛苦的事情不是没人赞同你，而是连反对的声音也没有，因为你的主张无人关注。鲁迅经常用梦碎的意象来形容这种体验。《新生》还未开始业已流产，只剩不名一文的三个人，他说："创始时候既已背时，失败时候当然无可告语，而其后却连这

---

[1] 鲁迅.《呐喊》自序 // 鲁迅全集：第1卷. 北京：人民文学出版社，2005：439.

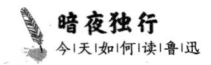

三个人也都为各自的运命所驱策,不能在一处纵谈将来的好梦了。"①《域外小说集》没卖出几本,堆积余书的上海寄售处的屋子在四五年后着火烧毁,鲁迅说:"我们这过去的梦幻似的无用的劳力,在中国也就完全消灭了。"②

如果说"立人"成为鲁迅文学活动的起点,那在这个起点上的"梦碎"也成为一直纠缠鲁迅的孤独体验。他发现自己不是一个振臂一呼应者云集的英雄。在此后的人生中,鲁迅更如一个暗夜中的独行者,在不断地自我质疑中前行。

【我来品说】

> 1. 通过阅读上文,你认为鲁迅"弃医从文"的价值在哪儿?他"立人"的思想在你阅读过的哪些作品中能够感受到?
> 2. 你如何理解鲁迅的"孤独"体验?

---

① 鲁迅.《呐喊》自序//鲁迅全集:第1卷.北京:人民文学出版社,2005:439.

② 鲁迅.《域外小说集》序//鲁迅全集:第10卷.北京:人民文学出版社,2005:177.

第二章 铁屋中的"呐喊"

导读

民国的建立并没让鲁迅看到新的改变。在相当长一段时间里,他都埋首于寓所里孤独地抄着古碑。"五四"新文化运动的开始重新唤起了鲁迅的"立人"梦。虽然依然怀疑"铁屋子"能否打破,但他还是决定为新文化的主将们"呐喊",《狂人日记》便是第一声,从此一发而不可收。

第二章
铁屋中的"呐喊"

东京时期的鲁迅确立了以文学立人的志业,但理想归理想,办刊和译书的失败,母亲加之于他身上的不幸的婚姻,弟弟周作人在日本成家所带来的经济负担,都把他拉向了沉重的现实。一如他后来的小说《在酒楼上》所说,"飞了一个小圈子,便又回来停在原地点",鲁迅也不得不回到国内,回到家乡,为生计奔忙。但文学立人始终是他无法释怀的梦,一有机会便涌现出来,明知"铁屋子"难破,也要"呐喊"几声,最终由《狂人日记》始,其小说一发而不可收,他也最终由周树人而成为鲁迅。

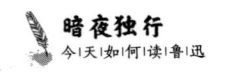

不能忘却的"梦"

在《〈呐喊〉自序》一开始，鲁迅就坦陈自己创作《呐喊》的缘由：年青时做过很多梦，大部分都忘却了，但有一部分怎么也忘却不了，这一部分不能忘却的梦，就促成了《呐喊》的创作。这些不能忘却的梦中，最核心的部分自然是他在东京时期所确立的"立人"的志向。但在东京的失败和《呐喊》的创作之间，鲁迅还得苦熬一段寂寞的时光。

1909年8月，鲁迅从东京回到浙江，最初在浙江两级师范学堂担任生理学和化学教员，一年后回家乡绍兴府中学堂教生物学并兼任监学，辛亥革命爆发后担任绍兴初级师范学校校长。辛亥革命的成功并没有真正改变绍兴的政治空气和思想氛围。1912年，在接到时任中华民国临时政府教育总长蔡元培的邀请后，鲁迅赴南京教育部任职。随着临时政府的北迁，鲁迅也随迁至北京担任教育部社会教育司第一科科长，后又被任命为教育部佥事。然而，公务员的生活并不理想，尤其在袁世凯的治下。袁世凯担心自己的统治不稳，布控大量特务监视官员的言行。为了逃避特务的迫害,北京的官员们渲染各自的嗜好以示自己不关心政治,有嫖赌蓄妾者,如蔡锷迷恋小凤仙,也有沉迷古董书画者。鲁迅既无嫖赌嗜好,也没钱收集金石古玩,只好买些石刻拓本,每天在自己院子的老槐树下抄古碑以打发无聊的时光。对于一个对国家民族有强烈振兴愿望的人来说,这样的苦闷可想而知。鲁迅那时自号"俟堂",用周作人的解释,就是古人的待死堂的意思。

人生的转机来源于老朋友钱玄同的一次造访。陈独秀于1915年9月在上海创办《青年杂志》,后改名《新青年》,后来成为一份影响中国百年历史进程的杂志。但当时的情况没有如此乐观。受北大校长蔡元培之邀,陈独秀于1916年担任北大文科学长,《新青年》也因此北迁。胡适在1917年1月出版的《新青年》上发表《文学改良刍议》,正式提出白话文运动和文学改革。随后,陈独秀亲自撰写《文学革命论》以为呼应。现在说起这些事件自然让人有心潮澎湃之感,但当时真正激起多少反响不得而知,至少按鲁迅的说法,"他们正办《新青年》,然而那时仿佛不特没有人来赞同,并且也还没有人来反对"[①]。正是在这种背景下,《新青年》的撰稿人之一钱玄同登门向鲁迅约稿。

---

① 鲁迅.《呐喊》自序//鲁迅全集:第1卷.北京:人民文学出版社,2005:440-441.

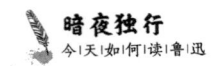

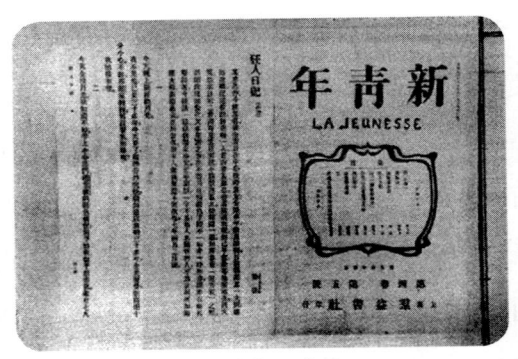

《新青年》杂志

在《〈呐喊〉自序》中，鲁迅生动地记载了这次影响中国现代文学进程的会面。在鲁迅日常抄古碑的老槐树下，钱玄同一边翻着他那些古碑的抄本，一边向鲁迅发问。

【经典品读】

《〈呐喊〉自序》中关于"铁屋子"的对话

"你钞了这些有什么用？"有一夜，他翻着我那古碑的钞本，发了研究的质问了。

"没有什么用。"

"那么，你钞他是什么意思呢？"

"没有什么意思。"

"我想，你可以做点文章……"

第二章
铁屋中的"呐喊"

> 我懂得他的意思了,他们正办《新青年》,然而那时仿佛不特没有人来赞同,并且也还没有人来反对,我想,他们许是感到寂寞了,但是说:
>
> "假如一间铁屋子,是绝无窗户而万难破毁的,里面有许多熟睡的人们,不久都要闷死了,然而是从昏睡入死灭,并不感到就死的悲哀。现在你大嚷起来,惊起了较为清醒的几个人,使这不幸的少数者来受无可挽救的临终的苦楚,你倒以为对得起他们么?"
>
> "然而几个人既然起来,你不能说决没有毁坏这铁屋的希望。"
>
> 是的,我虽然自有我的确信,然而说到希望,却是不能抹杀的,因为希望是在于将来,决不能以我之必无的证明,来折服了他之所谓可有,于是我终于答应他也做文章了,这便是最初的一篇《狂人日记》。从此以后,便一发而不可收,每写些小说模样的文章,以敷衍朋友们的嘱托,积久就有了十余篇。

这里的确涉及了一个鲁迅无法解决的难题:他确信打不破这"铁屋子",是因为亲身体验过其艰难;但到底能不能打破,这是一个只能证伪不能证实的问题,换句话说,你的失败只能说服自己打不破,但无法用自己的失败来抹杀别人对于未

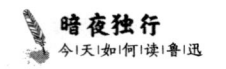

来的希望。有学者曾经总结过鲁迅独特的逻辑，所谓"绝望之为虚妄，正与希望相同"（《野草·希望》）。也就是说，鲁迅认为希望是虚妄的，是不存在的；思维彻底的鲁迅认为绝望也是虚妄的，也是不存在的，那绝望不存在，负负得正，岂不说明还是有实现希望的可能？而最终说服自己为《新青年》写作也是基于此种逻辑。这种说法自有一定的道理，但这种逻辑只反映了鲁迅思想的内在矛盾，他是一个无比悲观的人，又是一个时时能燃起希望的人。历史上的伟大人物大抵如此，李白当年不就一面厌恶官场，认为奸臣当道、抱负难施，一面又如子牙垂钓般渴遇明主？有多深的绝望，自然说明有多强烈的希望。

而鲁迅重新开始文学活动的直接动因出于两点：一是因为他无法完全忘却以文艺立人的梦。这是他曾经放弃学医、重新选择人生道路的根本原因，也是他从事文学活动的起点。他一方面依然为失败的预感所缠绕，另一方面又无法完全驱除文学启蒙的冲动，既然如此，何不写写看？二是因为他同情《新青年》主将们的遭遇。他自己曾经一腔热血主张以文艺立人救国，但旗帜才立众人便"作鸟兽散"，如今这些人同样遭遇了这样的寂寞，所以他"呐喊"几声，"聊以慰藉那在寂寞里奔驰的猛士，使他不惮于前驱"。

李宗刚以极富激情的笔吻谈到钱玄同向鲁迅的这次约稿：

第二章
铁屋中的"呐喊"

"从新文学的发生来看,早在20世纪之初,鲁迅等文化先驱的地位已初步确立起来,只不过现实没有为他们提供大展宏图的舞台。这就像一条被阻隔了的河流,从奔腾不息的河流潜入地下,并不意味着它就此销声匿迹。当现实具备了奔涌的条件时,它便会从潜流重新复出地表,再次喧哗着奔流而下,最终汇聚成一条波澜壮阔的新文学运动之河。"[1]

---

[1] 李宗刚.《新青年》约稿与鲁迅现代小说的诞生.社会科学文摘,2017(2).

一出手便是高峰

　　1917年的《新青年》已经汇聚了众多当时顶尖级的人才，如：北京大学校长、《新青年》最重要的支持者蔡元培，《新青年》的创办者陈独秀，文学革命的倡议者胡适，文字学家钱玄同，文学家刘半农，诗人沈尹默，学者李大钊，等等。为什么钱玄同还要亲至鲁迅寓所邀请鲁迅加盟？按说1917年是《新青年》发展过程中的重要一年，胡适的《文学改良刍议》、陈独秀的《文学革命论》都发表于该年，胡适的第一批白话诗也发表于当年2月，但反响并不如意。提倡白话文学的《文学改良刍议》竟然是用文言所写，胡适的《诗八首》反而成了别人诟病白话文学的靶子，这时急需一位更出色的作者以创作实绩证明白话文学的可行，鲁迅成为当之无愧之选。钱玄同与鲁迅相识已久，他们早在留学日本时期就同在章太炎门下求学。钱玄同之所以三顾绍兴会馆邀请鲁迅出山，至少基于对鲁迅的两点认识。一是鲁迅的思想深刻。钱玄同认为"周氏兄弟的思想，是国内数一数二的，所以竭力怂恿他们给《新青年》写文

第二章 铁屋中的"呐喊"

章"。二是鲁迅有扎实的文学基础。钱玄同亲见鲁迅兄弟译《域外小说集》的投入与谨严,他清晰地记得鲁迅为使翻译更符合汉语的特质专向章太炎讨教。在他看来,鲁迅兄弟"思想超卓,文章渊懿,取材谨严,翻译忠实,十分矜慎",《域外小说集》"不仅文笔雅训,且多古言古字,与林纾所译之小说绝异"[①]。

钱玄同的眼光非常准确,在他的反复催促下,鲁迅开始为《新青年》写稿,而且一出手便成就中国现代文学史上的一座高峰,这便是《狂人日记》。1918年5月《新青年》第四卷第五号,鲁迅的第一篇白话小说《狂人日记》发表,这也是他第一次使用"鲁迅"这个笔名。据相关研究,在《狂人日记》之前,已经有现代白话小说的发表,如陈衡哲的《一日》于1917年6月发表于美国《留美学生季报》。陈衡哲自己也坦陈这篇小说是对胡适白话文运动的行动支持:"《一日》是我最初的试作,是在一九一七年写的。那时在留美学生界中,正当白话与文言之争达到最激烈的时候。我因为自己在幼时所受教育的经验,同情是趋于白话的;不过因为两方面都有朋友,便不愿加入那个有声有色的战争了。这白话文的实际试用,乃是用来表

---

① 钱玄同.我对周豫才君之追忆与略评//钱玄同文集:2.北京:中国人民大学出版社,1999:360.

示我同情倾向的唯一风针。"①当然，还有研究把现代白话小说的首创推向更早的，但不管你往哪个年代推，学术界还是公认《狂人日记》是中国现代文学史上第一篇真正意义上的白话小说。你或许会认为所谓"真正意义"的修饰是为了用语谨慎，而我恰恰认为这是掷地有声的宣告：只有《狂人日记》才能称得上从内容到形式皆具现代价值的白话小说。

小说讲述了一个被迫害妄想症患者从发病到被治愈的故事。具体说来，就是主人公从一天晚上开始，突然发现自己开始意识清晰——以往的三十多年全是发昏，然后他发现赵家的狗多看了他两眼，赵贵翁的眼色很是奇怪，连小孩子们也在背后议论他……他发现这些人其实都是想吃他。越往后真相越惊人，原来领头要合伙吃他的人是他的大哥，大哥以"疯子"的名目把他看管起来随时准备吃掉。他越想越害怕，因为他发现他当年五岁时就死去的妹子也可能被大哥和在饭菜里给大家吃了，他也无意中吃了妹子的几片肉。这个故事的结局是主人公病愈，赴某地候补任职去了。

从现实层面来看，这就是一个精神病患者的故事，否则怎么解释他脑海中那些骇人听闻的事件和猜想。但小说在一些细

---

① 陈衡哲.《小雨点》自序 // 刘绪源.中国儿童文学史略1916—1977.上海：少年儿童出版社，2013：11.

第二章
铁屋中的"呐喊"

节上又把读者拉出现实而从象征的层面予以思考,如:

凡事总须研究,才会明白。古来时常吃人,我也还记得,可是不甚清楚。我翻开历史一查,这历史没有年代,歪歪斜斜的每叶上都写着"仁义道德"几个字。我横竖睡不着,仔细看了半夜,才从字缝里看出字来,满本都写着两个字是"吃人"。

四千年来时时吃人的地方,今天才明白,我也在其中混了多年;

有了四千年吃人履历的我,当初虽然不知道,现在明白,难见真的人!

没有吃过人的孩子,或者还有?

救救孩子……①

对历史的翻查,对四千年时间概念的强调,对"救救孩子"的呼告,无一不在提醒读者:这不是简单的被迫害妄想症,而是对当时思想革命的呼应,是对几千年宗法制度和旧礼教的控诉。它的含义虽然陈独秀们都曾经用论文的形式指出过,但从来没有人像鲁迅这样说得一针见血、说得力透纸背、说得入木三分!

---

① 鲁迅.呐喊·狂人日记//鲁迅全集:第1卷.北京:人民文学出版社,2005:447.

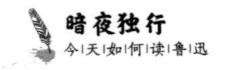

而在形式层面，鲁迅也做了精心的设计。首先是日记体的颠覆性使用。日记体小说在西方不算什么罕见的技法，但在中国几千年的文学发展历程中，日记就是日记，这是一种极具客观性和主观性的文体。所谓客观性，是指它是当事人经历和想法的记录；所谓主观性，是指虽然我们通常认为当事人私下所记肯定真实感很强，但也正是个人私记，无旁证，难考订，又具有极强的主观性。鲁迅把小说的主体部分设计为主人公患病时期的日记，至少有以下两个作用：其一，日记作为表现当事人真实情感世界的文体，可以直抒胸臆，也就是说，可以借由狂人之口对封建礼教进行直接的控诉。如果我们把《狂人日记》看作鲁迅送给《新青年》的第一颗炮弹，这种写法就具有相当的符号意义。其二，小说呈现的是一个他者眼中"狂人"的精神世界，那日记体的载体则具备相当程度的病历样本的价值，它极客观地呈现了一个"精神病患者"的主观世界。相对于传统小说在读者眼中往往呈现戏说的效果，《狂人日记》对刚刚接触现代小说文体的读者而言，呈现了"逼真"的"虚拟性"效果。换句话说，小说作为文体是虚拟的，但日记在读者眼中又是趋近真实的，这种写法相比传统小说具有相当的严肃性，这也跟作者探讨的思想命题有高度的契合感。除了使用日记体，小说在形式上的第二个精心设计是文言小序的使用。这是一篇白话小说，鲁迅却在开头设置了一个文言小序。

【经典品读】

《狂人日记》的文言小序

某君昆仲，今隐其名，皆余昔日在中学校时良友；分隔多年，消息渐阙。日前偶闻其一大病；适归故乡，迂道往访，则仅晤一人，言病者其弟也。劳君远道来视，然已早愈，赴某地候补矣。因大笑，出示日记二册，谓可见当日病状，不妨献诸旧友。持归阅一过，知所患盖"迫害狂"之类。语颇错杂无伦次，又多荒唐之言；亦不著月日，惟墨色字体不一，知非一时所书。间亦有略具联络者，今撮录一篇，以供医家研究。记中语误，一字不易；惟人名虽皆村人，不为世间所知，无关大体，然亦悉易去。至于书名，则本人愈后所题，不复改也。七年四月二日识。

从字面上看，这篇文言小序是对小说正文的一个解释，也就是这份"狂人日记"的由来：作者所熟识的两兄弟中的弟弟得了"迫害狂"，这是其在病中所记，这位朋友病愈后赴外地候补任职去了。但从深层来看，这个文言小序与白话正文形成截然对立的两面。白话正文中一开始就说："今天晚上，很好的月光。我不见他，已是三十多年；今天见了，精神分外爽快。才知道以前的三十多年,全是发昏。"但从文言小序的角度看,主人公前面三十多年是正常的,所谓今天的"精神分外爽快",正是发病的开始。这种对立直接宣告了作者与文言世界及与文言世界所代表的传统势力的针锋相对。你认为"我"是"狂人",那"我"就是"狂人"。鲁迅的老师章太炎被人称为"章疯子",那他就以"疯子"自居,他还宣传要把全中国四万万人全改造成"疯子"。在这个意义上,"狂人"已经不是普通意义上的精神病患者了,而是具备现代思想的启蒙者。当然,文言小序还有一个意义,就是告诉读者"狂人"的启蒙最终失败了,从而也反证出传统势力的强大与顽固。

小说发表后,引起强烈的反响,傅斯年给鲁迅写信说:"用写实笔法,达寄托旨趣,诚然是中国第一篇好小说。"[1]他还特意写了一篇文章呼应《狂人日记》,其中动情地写道:"我们最当敬重的是疯子,最当亲爱的是孩子。疯子是我们的老师,孩子是我们的朋友。我们带着孩子,跟着疯子走,走向光明去。"学者吴虞更是承接小说中"吃人"的主题,写下《吃人与礼教》:"我觉得他这日记,把吃人的内容,和仁义道德的表面,看得清清楚楚。那些戴着礼教假面具吃人的滑头

---

[1] 傅斯年. 一段疯话 // 中国人的品德. 北京:金城出版社,2014:14.

伎俩，都被他把黑幕揭破了。"①如果说以上都是在思想层面的呼应，那批评家茅盾则感受到这篇小说的现代形式感："这奇文冷隽的句子，挺峭的文调，对照着那储蓄半吐的意义，和淡淡的象征主义色彩，便构成了异样的风格，使人一见就感着不言而喻的悲哀的愉快。"②日本学者青木正儿敏锐地指出："在小说方面，鲁迅是一位属于未来的作家。他的《狂人日记》（《新青年》四卷五期）描写了一个迫害狂的惊怖的幻觉，从而踏入了中国小说家迄今未能涉足的境地。"③

其实，《狂人日记》的思想内容和文体形式是一枚硬币的两面，形式弱则思想容易流于空洞的呼告，思想薄则形式变成纯粹的白话实验，正是这一体两面的纯熟才使得现代白话小说在读者心里扎下根，才宣告了白话可以呈现文言所不具备的表达优势。

多年沉潜的鲁迅一出手就不同凡响，正如有学者所描述

---

① 吴虞.吃人与礼教//陈平原.《新青年》文选.贵阳：贵州教育出版社，2014：189.

② 茅盾.读《呐喊》//茅盾论创作.上海：上海文艺出版社，1980：105-106.

③ 青木正儿.以胡适为旋涡中心的文学革命.支那学，1920（1-3）.转引自：陆晓燕.日本鲁迅研究史料编年（1920—1936）//北京鲁迅博物馆鲁迅研究室.鲁迅研究资料：第13辑.天津：天津人民出版社，1984：98-99.

的："鲁迅在创作《狂人日记》时，钱玄同的积极催促固然促成了它的问世，但还谈不上钱玄同直接参与了这一短篇小说的建构。客观情形是，鲁迅创作出的短篇小说《狂人日记》，在很大程度上是带有政论性的，这恰与鲁迅作为小说家的历练、作为西方小说翻译家的体验及其对国民性反思有直接的联系。"[1]

《狂人日记》的发表让《新青年》的同人们看到白话新的可能，也看出鲁迅作为小说家的巨大潜力，于是以各种方式催稿。据鲁迅的回忆，其中最卖力的当属《新青年》的创刊者陈独秀，"但是《新青年》的编辑者，却一回一回的来催，催几回，我就做一篇，这里我必得记念陈独秀先生，他是催促我做小说最着力的一个"[2]。学者朱正在《一个人的呐喊》中详细记录了这一过程。比如，1920年3月11日，陈独秀在给周作人的信中提到："我们很盼望豫才先生为《新青年》创作小说，请先生告诉他。"8月22日，陈独秀又致信周作人说："《风波》在一号报上登出，九月一号准能出版。""鲁迅兄做的小说，我实在五体投地的佩服。"9月28日，陈独秀在致周作人的信中又

---

[1] 李宗刚.《新青年》约稿与鲁迅现代小说的诞生.社会科学文摘，2017（2）.

[2] 鲁迅.南腔北调集·我怎么做起小说来//鲁迅全集：第4卷.北京：人民文学出版社，2005：526.

第二章 铁屋中的"呐喊"

提及,"豫才兄做的小说实在有集拢来重印的价值,请你问他倘若以为然,可就《新潮》《新青年》剪下处自加订正,寄来付印"。鲁迅的第一部小说集《呐喊》最终于1923年出版,全集15篇;1930年把《不周山》抽出,改题《补天》,收入历史题材小说集《故事新编》。

这些小说在内容上坚持"立人"的初衷,通过发掘"病态社会的不幸的人们"身上的病苦,以"引起疗救的注意"[①]。如《孔乙己》中,塑造了一个被科举考试耽误以致全无生存能力的读书人,但他更大的不幸来自周遭民众同情心的缺失。孔乙己作为一个给大家时时带来欢乐的人,不管消失多久,除了掌柜的偶然唠叨一句他还欠钱外,绝大多数人对他都是漠不关心——"可是没有他,别人也这么过"。《药》则刻画了一个愚昧的父亲华老栓,他高价购买浸满革命烈士夏瑜鲜血的馒头为儿子治疗肺病,却最终失败。比民众误指夏瑜的革命为造反更锥心的是,母亲夏四奶奶也不能理解儿子的行为,她只是觉得儿子可能是冤枉的。其他如:《明天》中,单四嫂子孩子的生命为封建迷信所耽误;《一件小事》中,知识分子对底层百姓缺乏同情,其人格还不如一个人力车夫;《风波》和《头发的故事》其实都是关于头发的故事,民国建立多年了,民众还

---

① 鲁迅.南腔北调集·我怎么做起小说来//鲁迅全集:第4卷.北京:人民文学出版社,2005:526.

是停留在皇上要不要辫子的认知上；《故乡》的核心内容是机警的少年闰土如何被生活折磨为麻木的中年闰土。

【经典品读】

《故乡》中"中年闰土"出场的描写

这来的便是闰土。虽然我一见便知道是闰土，但又不是我这记忆上的闰土了。他身材增加了一倍；先前的紫色的圆脸，已经变作灰黄，而且加上了很深的皱纹；眼睛也像他父亲一样，周围都肿得通红，这我知道，在海边种地的人，终日吹着海风，大抵是这样的。他头上是一顶破毡帽，身上只一件极薄的棉衣，浑身瑟索着；手里提着一个纸包和一支长烟管，那手也不是我所记得的红活圆实的手，却又粗又笨而且开裂，像是松树皮了。

我这时很兴奋，但不知道怎么说才好，只是说：

"阿！闰土哥，——你来了？……"

我接着便有许多话，想要连珠一般涌出：角鸡，跳鱼儿，贝壳，猹，……但又总觉得被什么挡着似的，单在脑里面回旋，吐不出口外去。

他站住了，脸上现出欢喜和凄凉的神情；动着嘴唇，却没有作声。他的态度终于恭敬起来了，分明的叫道：

第二章
铁屋中的"呐喊"

> "老爷!……"
>
> 我似乎打了一个寒噤;我就知道,我们之间已经隔了一层可悲的厚障壁了。我也说不出话。

《阿Q正传》是鲁迅小说创作的高峰。小说从1921年12月4日开始刊载,最早出现在《晨报》副刊的"开心话"栏目中;随着作品的基调越来越严肃,从第二章开始,编辑把作品转移到"新文艺"栏目。对鲁迅而言,《阿Q正传》是一部全息性作品。其一,作家不像此前以人物的某一阶段或某一方面的生活为表现对象,而是全面性地呈现了主人公阿Q生活的方方面面,如他的身世之谜("序"章)、处世哲学("优胜记略""续优胜记略"章)、情感生活("恋爱的悲剧"章)、日常生计("生计问题""从中兴到末路"章)、人生志向("革命""不准革命"章)、生命终结("大团圆"章)。貌似鲁迅在以"开心话"的形式调侃了阿Q戏剧化的一生,但从深层来看,这难道不是一个普通农民处处碰壁、全面溃败的一生吗?阿Q没有土地,只是帮别人打短工谋生;他没有朋友,王胡和小D虽然和他属同一阶层,但一有机会就践踏他;他没有家庭,所以才会去摸小尼姑的头,才会对吴妈说"我想和你困觉";他没有前途,连革命的权利都被剥夺。

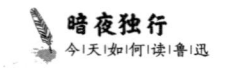

其二，阿Q身上几乎汇集了鲁迅在其他小说或其他作品里所揭示的国民性，具有高度总结的意义。比如阿Q的精神胜利法。阿Q的人生处处失败，但他能把每一次失败稀释为形式上的失败，最后置换成精神上的胜利。因为生存境况不如人，阿Q维护自尊的法宝是虚构历史，"我们先前——比你阔的多啦！你算是什么东西"；被闲人揪住辫子在墙上碰了四五响头，阿Q在心里解释为"我总算被儿子打了"；明明因弱小而自轻自贱，但阿Q在心里"觉得他是第一个能够自轻自贱的人，除了'自轻自贱'不算外，余下的就是'第一个'"。比如阿Q的卑怯。所谓卑怯，是指对强者示弱、对弱者示强。赵太爷、假洋鬼子等人不用说了，见到他们，他只有自轻自贱的份；等到发现王胡、小D他都战胜不了，他就去欺负小尼姑。比如阿Q不被正统接受却极端卫道。阿Q是一个边缘人，连姓赵的资格都没有，不管他多能自轻自贱，他内心深处痛恨赵太爷等人的专横自是无疑的，但他听到"革命党"的第一反应便是："革命党便是造反，造反便是与他为难，所以一向是'深恶而痛绝之'的。"

正因为阿Q形象的高度典型性，作品发表后，引发了人们无穷的猜忌，很多人以为作品上的某一段骂的就是自己，以至于鲁迅不得不在《〈阿Q正传〉的成因》中解释："直到这一篇收在《呐喊》里，也还有人问我：你实在是骂谁和谁呢？我只能悲愤，自恨不能使人看得我不至于如此下劣。"[1]

高一涵在《闲话》一文中关于《阿Q正传》发表后的反响

我记得当《阿Q正传》一段一段陆续发表的时候，有许多人都栗栗危惧，恐怕以后要骂到他的头上。并且有一位朋友，当我面说，昨日《阿Q正传》上某一段仿佛就是骂他自己。因此便猜疑《阿Q正传》是某人作的，何以呢？因为只有某人知道他这一段私事。……从此疑神疑鬼，凡是《阿Q正传》中所骂的，都以为就是他的隐私；凡是与登载《阿Q正传》的报纸有关系的投稿人，都不免做了他所认为《阿Q正传》的作者的嫌疑犯了！等到他打听出来《阿Q正传》的名姓的时候，他才知道他和作者素不相识，因此，才恍然自悟，又逢人声明说不是骂他。

---

[1] 鲁迅.华盖集续编·《阿Q正传》的成因//鲁迅全集：第3卷.北京：人民文学出版社，2005：397.

一篇一个形式

对于处于起步期的中国现代小说而言,《呐喊》一个更重要的贡献是奉献了诸多的小说形式,滋养了在鲁迅之后的新一代作家。这一点茅盾说得非常透彻,"在中国新文坛上,鲁迅君常常是创造'新形式'的先锋;《呐喊》里的十多篇小说几乎一篇有一篇新形式,而这些新形式又莫不给青年作者以极大的影响,欣然有多数人跟上去试验"[1]。

不同于《狂人日记》所使用的"日记体",鲁迅在第二篇白话小说《孔乙己》中,把故事控制在小小的咸亨酒店,用区区两千来字、四个场景就完成了他的表达。这种类似戏剧形式的表达具有相当的难度,因此鲁迅别出心裁地设置了一个身为小伙计的叙述者,孔乙己的全部命运都在他的叙述中得以完成。《孔乙己》的叙事历来为人称道,叶圣陶就此做了细致"揣摩":

---

[1] 茅盾.读《呐喊》//茅盾论创作.上海:上海文艺出版社,1980:109.

第二章
铁屋中的"呐喊"

用第一人称写法说孔乙己,篇中的"我"就是鲁迅自己,这样写未尝不可以,但是写成的小说会是另外一个样子,跟我们读到的《孔乙己》不一样。大概鲁迅要用最简要的方法,把孔乙己的活动范围限制在酒店里,只从孔乙己到酒店喝酒这件事上表现孔乙己。那么,能在篇中充当"我"的唯有在场的人,在场的人有孔乙己,有掌柜,有其他酒客,都可以充当篇中的"我",但是都不合鲁迅的需要,因为他们都是被观察被描写的对象。对于这些对象,须有一个观察他们的人,可以假托一个在场的小伙计,让他来说孔乙己的故事。[①]

小伙计的确更适合充当这个叙述者"我"。除了叶圣陶所说的其他人都是被观察、被描写的对象,有两点很重要。一是小伙计的工作特点。小伙计只是一个温酒的,这个温酒的大柜台刚好当街,酒店外堂的情景一览无余;同时,温酒的工作特别清闲,他有足够的闲暇可以观察大堂内发生的一切。二是小伙计的身份特点。小伙计只是一个十二三岁的孩子。孔乙己不愿意理会周遭的客人,因为他们总嘲笑他,但他愿意跟小伙计聊天,一方面也许是渴望从中获得尊重感,另一方面恐怕也是真诚地想帮助这个有成长潜力的孩子,所以才会发生"回字有

[①] 叶圣陶.揣摩——读《孔乙己》// 彬彬.叶圣陶散文.呼伦贝尔:内蒙古文化出版社,2006:63.

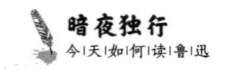

四样写法"的对话。残酷的是,小伙计拒绝了这种关心,他更愿意与酒客们站在一起看孔乙己的笑话。因此,叶圣陶的说法也许要做点改动,小伙计"我"不仅仅是一个观察者,他最终和被观察者一起,成为孔乙己的围观者,甚至是导致其悲剧的"合谋者"。《孔乙己》篇幅很短,但叙事冷静准确,在貌似白描的笔法中不乏精心设计。这一点,作家与作家之间可能更易发生共鸣,比如余华对孔乙己腿被打断以后来到咸亨酒店的那一段描写赞叹不已。

【经典品读】

《孔乙己》中孔乙己腿被打断以后出现在咸亨酒店的描写

中秋过后,秋风是一天凉比一天,看看将近初冬;我整天的靠着火,也须穿上棉袄了。一天的下半天,没有一个顾客,我正合了眼坐着。忽然间听得一个声音,"温一碗酒。"这声音虽然极低,却很耳熟。看时又全没有人。站起来向外一望,那孔乙己便在柜台下对了门槛坐着。他脸上黑而且瘦,已经不成样子;穿一件破夹袄,盘着两腿,下面垫一个蒲包,用草绳在肩上挂住;见了我,又说道,"温一碗酒。"掌柜也伸出头去,一面说,"孔乙己么?你还欠十九个钱呢!"孔乙己很颓唐的仰面答

第二章
铁屋中的"呐喊"

> 道,"这……下回还清罢。这一回是现钱,酒要好。"掌柜仍然同平常一样,笑着对他说,"孔乙己,你又偷了东西了!"但他这回却不十分分辩,单说了一句"不要取笑!""取笑?要是不偷,怎么会打断腿?"孔乙己低声说道,"跌断,跌,跌……"他的眼色,很像恳求掌柜,不要再提。此时已经聚集了几个人,便和掌柜都笑了。我温了酒,端出去,放在门槛上。他从破衣袋里摸出四文大钱,放在我手里,见他满手是泥,原来他便用这手走来的。不一会,他喝完酒,便又在旁人的说笑声中,坐着用这手慢慢走去了。

作家余华发现,鲁迅省略了孔乙己前几次来到酒店的描述,因为作品重在呈现酒客们对孔乙己的态度,至于他怎么来的,可以想象得到。但当他的腿被打断时,就不能回避了,"这是一个伟大作家的责任"。余华把这一段看成"文学叙述中的绝唱","见他满手是泥,原来他便用这手走来的"这种描写令人战栗。"这就是我为什么热爱鲁迅的理由,他的叙述在抵达现实时是如此的迅猛,就像子弹穿越了身体,而不是留在了身体里。"[1]余华评论的重点放在叙述方式上,他没说出

---

[1] 余华. 温暖与百感交集的旅程//我能否相信自己:余华随笔集. 北京:人民日报出版社,1998:17.

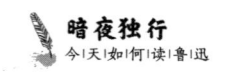

的意思也许还有,就是孔乙己这一次必须来,虽然只能用手走来。被打断腿、很久没有出门的孔乙己为什么非要来咸亨酒店,而且采取的是用手走来这种令人战栗的方式,难道真是为了喝碗酒吗?更大的可能恐怕是想见见人:即便是那些他不喜欢的酒客,也许对他如此落魄的状况也可以表示一点关心吧?但嘲讽的依旧嘲讽,冷漠的依旧冷漠,孔乙己最终绝望而返。鲁迅对人性的深刻透视在独特的叙述中得以呈现。

《药》虽然也有相当一部分的篇幅发生在店里,却是在外景和内景的相互交替呈现中完成的。在外景中,华老栓买到了人血馒头;在内景中,华小栓吃下人血馒头,并听康大叔解释人血馒头的由来;在外景中,华大妈与夏四奶奶在各自孩子的坟头相遇,或者说,吃人者的母亲与被吃者的母亲相遇了,两人共同见证了夏瑜坟上那圈红白的花和乌鸦直飞天空的奇异场景。革命烈士为谋求百姓的幸福牺牲了自己,百姓为了儿子的病吃了沾满烈士鲜血的馒头,鲁迅的沉痛、忧愤浸染其中。《头发的故事》不像通常意义上的小说,几乎是以对话连成全篇。但细究下来,对话的部分只占据一头一尾,整篇小说核心的部分是N先生的独自议论,所以与其说是"对话体",不如说是一篇"讲演体"小说。讲演与报章、学校并称为近代以来传播文明的三利器,鲁迅本人这一生就至少做过六十次讲演,后来《鲁迅全集》中只收录了十来篇。这其实就是一次关于"头发"的讲演,不过,N先生表面上讲的是自己在民国建立前后因剪发而来的种种遭遇,真正要表达的却是对国人善于忘却的愤怒——忘却了先烈们为争取头发自主权所流的鲜血,忘却了头发带给国人的耻辱。此外,《故乡》《社戏》均可作散文读,可以说是后来"散文化小说"一脉的开端。

正如鲁迅对小说形式的追求有相当的自觉,他对自己小说的成绩也颇为自信。在《中国新文学大系·小说二集·导言》中,他毫不掩饰地谈到,"从一九一八年五月起,《狂人日记》,《孔乙己》,《药》等,陆续的出现了,算是显示了'文学革命'的实绩,又因那时的认为'表现的深切和格式的特别',颇激动了一部分青年读者的心"[1]。

【我来品说】

1. 通过阅读上文,你认为鲁迅决定接受《新青年》约稿的原因是什么?你如何理解鲁迅"铁屋子"的比喻?
2. 你认为《呐喊》的价值体现在哪些方面?

---

[1] 鲁迅.中国新文学大系·小说二集·导言.上海:上海良友图书印刷公司,1935.

第三章 荷戟独『彷徨』

> **导读**
>
> 鲁迅一系列的创作证明了文学革命的实绩,也为自己赢得了"作家"的名号,但《新青年》同人的迅速分化让鲁迅陷入了"彷徨"。他依然坚守在新文学的阵地,虽然路漫漫其修远,仍将上下而求索。

《狂人日记》等一系列文章的发表，重新唤起了鲁迅当初以文"立人"的旧梦。虽然他对能否打破"铁屋子"依然保持自己质疑的立场，虽然他明确自己不是主将，清醒地把自己的写作定位为"呐喊"的姿态，但毕竟他重新拥有了一个阵营的战友，也获得了"作家"的名头，他所发出的声音不再是既无人赞同也无人反对。如果按这个势头往下走，也许不无打破"铁屋子"的可能。但失败的预感始终笼罩着他，最终他又一次经历了同一阵营战友发生变化的遭遇，所谓"寂寞新文苑，平安旧战场，两间余一卒，荷戟独彷徨"[1]。这又将是一次"暗夜独行"，"独行"的结果便是小说集《彷徨》的诞生。

---

[1] 鲁迅.集外集·题《彷徨》//鲁迅全集：第7卷.北京：人民文学出版社，2005：156.

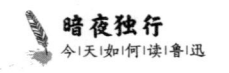

鲁迅不是主将

《新青年》同人的反复邀约最终促成了作家鲁迅的诞生。《狂人日记》发表之后，一发不可收，随感、诗歌、散文、小说轮番上阵，鲁迅成为新文学阵营独特的存在。他虽不是举旗者，也不是冲锋者，但他的作品显示了新文学的实绩，也雄辩地证明了白话创作优秀文学的可能。换句话说，没有鲁迅，白话文学能否如此迅速地得到国人的认可，还真的很难说。当然，我们不能只看到鲁迅对于《新青年》的贡献，也要看到《新青年》对鲁迅的促成，这二者是相互成就的关系。正如学者汪卫东所指出的，"《新青年》和'五四'给鲁迅提供了第二次行动的契机和平台，从历史因缘看，没有《新青年》，没有白话，就没有《狂人日记》"[1]。汪卫东着重从白话角度探讨了《新青年》之于鲁迅的意义。在"五四"之前，鲁迅的"立人"强调的是精神层面。如何发掘国人精神层面的病根，如何

---

[1] 汪卫东.《新青年》：鲁迅与"五四"的相遇——兼及纪念《新青年》在当下的意义.文艺争鸣，2015（9）.

医治这种病根从而使国人具备更健全的国民性，是他思考的重点。他提出的治疗方案是以文艺为武器，但文艺的载体究竟是文言还是白话，他并不在意。所以，在他1912年创作的短篇小说《怀旧》中，无论是村塾学童的叙述视角，还是辛亥革命来临时芜市的众生百态，我们都可以在他后来的白话小说中找到印迹，但这篇小说是用文言创作的。

鲁迅文言短篇小说《怀旧》

《怀旧》是鲁迅的一篇文言小说，创作于1912年前后，发表于1913年4月25日上海《小说月报》第四卷第一号，署名周逴，后编入《集外集拾遗》。小说故事发生在芜市，以九岁学童"予"为叙述者，呈现了辛亥革命发生之时，以其师秃先生、乡绅金耀宗为首的一众人等的反应。在百姓眼中，辛亥革命不过是四十年前长毛作乱的又一次重复，所以应对的准备也是要么四处逃窜，要么打算顺从以自保，抑或如秃先生骑墙观望试图投机。总之，该小说既呈现了民众的愚昧无知，不知今夕何夕，更别说懂得革命的真意，又反映出革命者忽略了对民众的精神启蒙，致使革命缺乏群众基础。

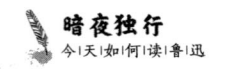

因此，在《新青年》之前，鲁迅并无明确的白话意识，甚至可以说，作为章太炎这位古文大家的弟子，他即便未必如林纾般把白话视为"引车卖浆者之徒所操之语"，也不会把白话运动视为革新民众精神的必经之途。但正如鲁迅在《〈呐喊〉自序》当中所说，他答应为《新青年》写稿的原因之一是"聊以慰藉那在寂寞里奔驰的猛士，使他不惮于前驱"。也就是说，鲁迅有一个清醒的角色定位：他不是前驱和主将，他是来摇旗呐喊的，"但既然是呐喊，则当然须听将令的了"①。这"将令"之一，自然包括对白话文运动的响应。如果没有《狂人日记》《孔乙己》《药》等白话小说的发表与传播，白话文运动的胜利至少要推后若干年；但如果鲁迅的小说创作不是以白话为载体，那其传播的效力究竟能有多大，我们不得而知。

《新青年》最终成就了鲁迅，鲁迅以创作实绩为陈独秀、胡适们所发起的思想启蒙和文学革命注入了新质，树立了典范。但随着《新青年》阵营的分化，鲁迅又一次陷入彷徨的境地。1920年起，在共产国际的帮助下，陈独秀开始发起建党活动；1921年7月，中国共产党正式成立。作为由陈独秀一手创办的《新青年》，自然也随着陈独秀政治立场的改变而发生了变化。胡适为此曾在陈独秀和杂志同人李大钊、钱玄同、鲁迅

---

① 鲁迅.《呐喊》自序//鲁迅全集：第1卷.北京：人民文学出版社，2005：441.

第三章 荷戟独"彷徨"

兄弟、高一涵等人之间协商周旋，试图恢复刊物原有的办刊宗旨，最终失败。《新青年》于1922年7月休刊。

这件事对鲁迅的打击显而易见。他原本安安静静地在绍兴会馆的老槐树下抄自己的古碑，经钱玄同一句"然而几个人既然起来，你不能说决没有毁坏这铁屋的希望"，决定和《新青年》的朋友们一起来打破"铁屋子"。但"铁屋子"还没待打破，有去革命的，有退回书斋整理国故的，有进入政坛的，主将和前驱都跑了，只剩下原本处于"呐喊"位置的鲁迅和一面新文学的旗帜。对此，鲁迅不无痛苦地描述道，"后来《新青年》的团体散掉了，有的高升，有的退隐，有的前进，我又经验了一回同一战阵中的伙伴还是会这么变化，并且落得一个'作家'的头衔，依然在沙漠中走来走去……成了游勇，布不成阵了……新的战友在那里呢？……"[1]《新生》流产的往事又涌上鲁迅的心头，当年是杂志还未出版众人就作鸟兽散，如今是《新青年》已经成为知识界最著名的杂志，自己所属的战阵仍然土崩瓦解，都不需要敌人出手。人生最痛苦的不是事未举而失败，而是旗也举了，事也起了，效果也有了，但还是半途而废。《彷徨》中的作品正是在这种心境下写出的，失败的情绪布满全书。

---

[1] 鲁迅.南腔北调集·《自选集》自序//鲁迅全集：第4卷.北京：人民文学出版社，2005：469.

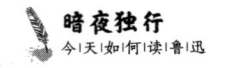

当然，还有一个重要的事件影响了《彷徨》中诸篇的写作心境，那就是与二弟周作人的失和。鲁迅兄弟的关系在《新青年》同人中原本是一段佳话。两兄弟经历相似、思想相近，周作人几乎是在兄长的提携下成长。可以说，没有鲁迅，就没有北京大学教授、著名作家周作人。鲁迅对周作人的态度也是亦兄亦父，既为周作人安排好一切，但若二弟有事做不好，也不乏严厉的斥责。二人所写文章可以相互署名。陈独秀向鲁迅催稿是经由周作人；胡适询问《新青年》的办刊意见，鲁迅也替周作人代为答复。更有意味的是在经济上，两人虽然都是主张打破封建家族制的开风气者，但他们自己却仍是以大家族的方式生活。1919年，他们卖掉了绍兴祖屋，买下北京八道湾的住所，把母亲和三兄弟家眷全部接到一起生活。不仅如此，因为周母年纪大，鲁迅妻子朱安老实不会管事，整个大家庭的收入都交由周作人妻子羽太信子统一管理，鲁迅只留下小部分买烟和书的钱。

但兄弟关系突然有一天发生了变化。1923年7月14日晚，鲁迅开始在自己的房间吃饭；7月19日，周作人交给鲁迅一份绝交信；8月2日，鲁迅夫妇从八道湾搬至砖塔胡同。第二年的6月11日，鲁迅前往八道湾取自己的东西，遭周作人夫妇打骂。鲁迅不满周岁时曾拜绍兴当地长庆寺的和尚为师，得了个法名"长庚"。周作人字"启明"。在古时，长庚、启明都是金星的别称，只不过黎明出现于东方时称作启明，黄昏出现于西方时称作长庚，因此民间也有"启明长庚，永不相见"之说。仿佛一句谶语，中国现代文学史上最富才华的两兄弟就此决裂。周氏兄弟失和的导火索是周作人的太太羽太信子，学术界对此有很多研究文章，因当事人对此事极少提及，所谓研究多为推测，至今并无定论。笔者无意深究此悬案，但这件事对鲁迅的伤害可想而知。鲁迅曾用笔名"宴之敖者"，据许广平解释，鲁迅曾告诉她：宴从宀（家），从日，从女；敖从出，从放。意思是，自己是被家里的日本女人赶逐出来的。[①]

事业上遭遇挫折，十几年前的失败感又开始笼罩；家庭生活遭遇变故，原本就敏感多疑的鲁迅对人性自是又增添了几分认识。在此情形下所创作的《彷徨》与此前的《呐喊》肯定面貌迥异，自如他自己所言，"技术虽然比先前好一些，思路也似乎较无拘束，而战斗的意气却冷得不少"[②]。

[①] 许广平.略谈鲁迅先生的笔名//许广平忆鲁迅.广州：广东人民出版社，1979：93.

[②] 鲁迅.南腔北调集·《自选集》自序//鲁迅全集：第4卷.北京：人民文学出版社，2005：469.

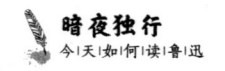

在寂寞里奔驰

《彷徨》共计十一篇,均为1924、1925两年所作。该集小说依然以表现农民和知识分子为主体,继续关注国民灵魂的病痛,但相比《呐喊》中的创作,表达更为内倾,悲剧意味也更为浓郁。

1929年版《彷徨》封面

前面提过,鲁迅不是新文化运动的主将,他只把自己定位

第三章 荷戟独"彷徨"

为"呐喊"者。既是"呐喊",当然要听"将令","所以我往往不恤委婉了一点,在《药》的瑜儿的坟上平空添上一个花环,在《明天》里也不叙单四嫂子竟没有做到看见儿子的梦,因为那时的主将是不主张消极的"①。而到了《彷徨》,鲁迅一方面继续揭示传统礼教和愚昧观念对人身、人性的戕害,这是他持之终生的战斗目标;另一方面加大了对启蒙者自身精神世界的反思和批判力度,主将们的"高升"或"退隐"让他不得不重审这一群体的精神缺陷。

首先,"战斗的意气"虽然"冷得不少",但"战斗"依然在持续。我们常常只注意到鲁迅所说"荷戟独彷徨"中的"彷徨",而忽略了"荷戟"。迷茫是有,彷徨是有,但前进的方向从未改变,所以鲁迅才会在《彷徨》的卷首引用屈原的"路漫漫其修远兮,吾将上下而求索"。《祝福》是《彷徨》中的第一篇。小说以祥林嫂的命运为主线,辛辣地讽刺了以鲁四老爷为代表的封建道学家对祥林嫂的精神虐杀。祥林嫂原本是一名安分耐劳、容易满足的农村女性,丈夫去世后逃到鲁四老爷家来做工,几个月后被夫家抓回去转嫁给了山里人贺老六。儿子有了,丈夫对她也不错,但仅仅两年时间,丈夫病逝,儿子被狼叼走了,她又来到鲁四老爷家里求工。因为之前

---

① 鲁迅.《呐喊》自序//鲁迅全集:第1卷.北京:人民文学出版社,2005:441.

对她印象不错，鲁四婶把她留了下来。但再次到来的祥林嫂已经没法像上回一样获得众人的认可了：首先是手脚已经没有先前一样灵活，记性也坏得多；其次是人变得唠叨，总是反复诉说她悲惨的故事，刚开始还有人猎奇围观，等到"她的悲哀经大家咀嚼赏鉴了许多天，早已成为渣滓"，就被众人厌烦和唾弃了；而最让主家不满的是她嫁过二夫，并且两任丈夫都死了，所以鲁四老爷一开始就暗暗告诫四婶，"这种人虽然似乎很可怜，但是败坏风俗的，用她帮忙还可以，祭祀时候可用不着她沾手"。虽然祥林嫂听柳妈的话花了十二元鹰洋到庙里为自己捐了门槛，以为这样就能赎罪，但鲁家依然不让她在祭祀中帮忙。绝望的祥林嫂变得痴呆，被辞退后沦为乞丐，最后死去。祥林嫂的悲剧可以找到很多原因，比如女性如商品一样地被夫家二嫁，比如众人愿意看客一般咀嚼她的悲伤，但无丝毫同情。不过，最致命的还是鲁四老爷们把她当成不洁之物，即便她碰一下祭器也怕得罪祖宗神灵。小说中，鲁家上下没有当面对祥林嫂说过一句重话，更不存在打骂下人的行径，仿佛真如鲁四老爷书房对联里的"事理通达心气和平"。但当祭祖时节祥林嫂去摆碗筷时，四婶一句"你放着罢，祥林嫂"，就直接把她推向了深渊。人生最痛苦的不是肉体上的折磨，而是精神上的被排斥。从世俗的角度看，鲁四婶肯定不算坏人，鲁四老爷也只是从他的认知水平和道学知识出发而排斥祥林嫂。

明知不对而要为之，那是品性坏；愚昧而不自知，那是精神麻木，而精神麻木的鲁四老爷还要指认祥林嫂的灵魂不洁，最终造成了对祥林嫂的精神虐杀。鲁迅以此揭示了封建礼教吃人的真正内涵。

除了呈现封建礼教吃人的悲剧，鲁迅还辛辣地讽刺了承载封建礼教的道学先生的虚伪。《肥皂》是篇出色的心理小说，通过主人公四铭看似不合理的外在行为曲折呈现出他微妙的内心世界。四铭是个道学先生，对新学深恶痛绝，每天挂在嘴边的都是忠孝节烈。有一天，他在大街上看到两个讨饭的，其中一个十八九岁的姑娘求乞给六七十岁的祖母吃，大家都称之为孝女。四铭痛恨大家对这样一个孝女漠不关心——好半天才只有一人给了一文小钱，当然他是不好意思给一文钱的。他更痛恨的是周边两个无耻的光棍——竟然肆无忌惮地说："阿发，你不要看得这货色脏。你只要去买两块肥皂来，咯支咯支遍身洗一洗，好得很哩！""正直"的四铭先生没有给孝女一文钱，却到广润祥买了一块两角四分钱的肥皂，回家交给从不舍得用洋肥皂的太太使用。四铭太太哪会不懂丈夫的心思，在听完孝女的故事后，找了个机会冲丈夫爆发："你是特诚买给孝女的，你咯支咯支的去洗去。我不配，我不要，我也不要沾那孝女的光。"小说没有一句正面提及四铭对孝女的想法，但四铭太太的怒吼、何道统响亮的嘲笑，以及整天萦绕在四铭嘴边或耳边的"咯支咯支"，无不折射出这位道学先生的隐秘心思。所谓维护礼教者，无非是些嘴上道德文章、内心蝇营狗苟之徒。

其次，《彷徨》中的部分篇目是对包括自己在内的现代知识分子的自我审视。《在酒楼上》和《孤独者》尤为典型。《在酒楼上》是一部对话体小说，对话发生在叙述者"我"和主人公吕纬甫之间，故事的主体是吕纬甫所讲述的个人的经历，但"我"也不是被动的听故事者，"我"的叙述语言和心理活动都构成了另一个故事。所以说，《在酒楼上》有两个故事。一个是吕纬甫失败的故事，他曾经和叙述者"我"一起到城隍庙里去拔神像的胡子，两人也曾连日议论改革中国的方法以至于打起来，但如今变得敷敷衍衍、模模糊糊，靠教子曰诗云为生。在吕纬甫的讲述中有两件核心的事，一件是为儿时的小兄弟迁坟，一件是为曾经的邻居阿顺送剪绒花。小兄弟的骨殖已经全无，他还是用棉花包了些泥土装在新棺材里，埋在父亲的坟旁边；阿顺遇人不淑，已经去世，他便送给阿顺的妹妹阿昭。这两件事都是为母亲做的，也都骗母亲办成了，因为要使她安心。鲁迅曾在一篇《我要骗人》里面说："倘使我那八十岁的母亲，问我天国是否真有，我大约是会毫不踌躇，答道真有的罢。"[1]现实生活中又何尝不是，鲁迅不就为了让母亲

---

[1] 鲁迅.且介亭杂文末篇·我要骗人//鲁迅全集：第6卷.北京：人民文学出版社，2005：505.

安心而违心娶了自己并不满意的朱安为妻吗？在吕纬甫身上，鲁迅写出了自己的纠结。作为现代知识分子，求真是他们奉行的准则；但作为社会网络中的一员，尤其是面对无法回避的血缘关系，他们又必须说谎，这自然是失败的妥协。吕纬甫的失败不纯粹是经济层面的，更多的是理想的丧失和原则的退让。那段关于蜂子或蝇子的比喻正是吕纬甫的自画像。

【经典品读】

《在酒楼上》中蜂子或蝇子飞圈子的比喻

"我一回来，就想到我可笑。"他一手擎着烟卷，一只手扶着酒杯，似笑非笑的向我说。"我在少年时，看见蜂子或蝇子停在一个地方，给什么来一吓，即刻飞去了，但是飞了一个小圈子，便又回来停在原地点，便以为这实在很可笑，也可怜。可不料现在我自己也飞回来了，不过绕了一点小圈子。又不料你也回来了。你不能飞得更远些么？"

"这难说，大约也不外乎绕点小圈子罢。"我也似笑非笑的说。"但是你为什么飞回来的呢？"

但小说还有一个"我"的故事。"我"与作者鲁迅的关联也显而易见。现代叙事学告诉我们,不能把小说中的"我"等同于作者,比如《孔乙己》中的"我"就是一个与鲁迅身份完全对不上号的小伙计。虽然"我"不是作者,但"我"与作者距离的远近在不同作品中有不同的呈现,这种距离远近反映的是作者在叙述者身上人格投射程度的轻重。《在酒楼上》虽然没有正面描写"我"的经历,但"我"的家乡S城、"我"与吕纬甫曾经的同事关系、"我"与吕纬甫一起干过"革命"的举动,都有鲁迅的身影。尤其那句"觉得北方固不是我的旧乡,但南来又只能算一个客子,无论那边的干雪怎样纷飞,这里的柔雪又怎样的依恋,于我都没有什么关系了",更契合鲁迅此刻"两间余一卒,荷戟独彷徨"的境遇。小说没具体谈到"我"的境遇,但可想而知,如果"我"实现了当初的理想,定会劝吕纬甫重新振作。小说的结尾,两人朝相反的方向行走,"我独自向着自己的旅馆走,寒风和雪片扑在脸上,倒觉得很爽快。见天色已是黄昏,和屋宇和街道都织在密雪的纯白而不定的罗网里"。如果我们把吕纬甫和叙述者"我"都看成作者鲁迅人格的投射,那"我"与吕纬甫的对话实际上是鲁迅的两个人格的对话,最终"我"战胜了吕纬甫,选择了与他相反的方向行走。吕纬甫是失败的,"我"能不能成功不知道,至少"我"选择了往前走,这不就是鲁迅所引用的"路漫漫其修远兮,吾将上下而求索"的指向吗?

第三章
荷戟独"彷徨"

《孤独者》中的魏连殳是另一个吕纬甫,但人生的起伏更大,失败的体验更深。吕纬甫的故事主要是靠他自己的讲述来完成。魏连殳的故事则主要分为三段,分别由叙述者"我"、魏本人和房东家的祖母讲述构成。在"我"的讲述中,一开始的魏连殳是个异类,"所学的是动物学,却到中学堂去做历史教员;对人总是爱理不理的,却常喜欢管别人的闲事;常说家庭应该破坏,一领薪水却一定立即寄给他的祖母,一日也不拖延"。最惊心动魄的描写是他为祖母送葬那一段。所有的亲戚都以为他不会按旧式葬礼行事,没想到他全盘接受;所有的人都不满他竟然没流一点泪,他忽然流下泪来,"接着就失声,立刻又变成长嚎,像一匹受伤的狼,当深夜在旷野中嗥叫,惨伤里夹杂着愤怒和悲哀"。据魏连殳自己解释,他的嚎哭小半是为祖母孤独的一生,大半则是"太过于感情用事"。这"感情用事"到底何意,魏连殳没有解释。联系起"像一匹受伤的狼"的形容,这既有为自己的妥协而愤怒的意味,也是以嚎哭来对抗周遭的世界。魏连殳故事的第二段是他人生的低潮期,因为喜欢发表议论时事的文章,小报上有人匿名攻击他,学界也常有关于他的流言,他最终被校长辞退。

事业失败的结果,是不再有人上门拜访,房东家的孩子连他给的东西都不吃,魏连殳似乎感觉到他与那位没有血缘关系的祖母间存在某种命运的联系——都注定是一个孤独者。

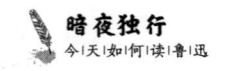

魏连殳故事的第三段,在他给"我"的书信中谈到一些,更具体的状况是他死后房东家的祖母描述给"我"的。如果说此前他只是生活境遇上的失败,那生命的最后一段则是精神上的彻底堕落,他做了军阀的幕僚,每天宾客盈门,"三日两头的猜拳行令,说的说,笑的笑,唱的唱,做诗的做诗,打牌的打牌……"他对人不再平等谦和,动辄让房东的孩子学狗叫、磕响头,或者叫房东家的祖母"老家伙"。用他自己的话说:"我已经躬行我先前所憎恶,所反对的一切,拒斥我先前所崇仰,所主张的一切了。"

魏连殳最终死于自己的玩世不恭和自我消耗,自然也可以将之看作绝望的复仇。但他终究还是背叛了从前的崇仰和主张,而他所报复的对象并没有因此而损失分毫。所以,小说中依然存在一个类似《在酒楼上》的选择项。"我"虽然同情甚至愤慨于魏连殳的失败,但终于从这种沉重中冲出,选择了另一条路:"我的心地就轻松起来,坦然地在潮湿的石路上走,月光底下。"当然,我们可以在魏连殳身上找到很多鲁迅朋友范爱农的影子,但就小说本身而言,魏连殳和"我"就是鲁迅的一体两面。魏连殳的路是鲁迅人生的可能性之一,但鲁迅最终选择了更坚韧地抵抗,虽然彷徨,但依旧荷戟前行。

所以说,荷戟与彷徨之间与其说凸显的是矛盾,不如说构成的是张力。一方面,鲁迅继续沿着"呐喊"的路数,直面人性的改造之艰与社会的黑暗幽长；另一方面，鲁迅则被失败的阴影笼罩，不时返回内心自我舔伤与自我质疑。所谓在寂寞里奔驰，其实也是在绝望中反抗。

【我来品说】

> 1. 鲁迅认为自己不是主将，你如何理解这种表述？
> 2. 你认为《彷徨》与《呐喊》有哪些不同之处？

第四章 地狱边沿的『野草』

> **导读**
>
> 鲁迅是一位真实的作家,但他总强调自己在"骗人"。历来被认为最反映他真实内心的作品是散文诗集《野草》,其中那些被他自称为"地狱边沿的惨白色小花"的文字,将带给读者怎样的阅读感受?

第四章
地狱边沿的"野草"

　　散文诗集《野草》的创作时间与《彷徨》相仿。《彷徨》诸篇均为1924、1925两年所作，《野草》二十三篇则创作于1924年至1926年间。因此，上章所提《新青年》分化与兄弟失和带来的颓唐心境同样体现在《野草》之中。所以，鲁迅自嘲《野草》中大半篇章是"地狱边沿的惨白色小花"。主将们虽然"有的高升，有的退隐"，但《彷徨》依然在"揭出病苦，引起疗救的注意"。或者说，就小说文体的特征而言，《彷徨》依然是作家鲁迅对公众的言说。而《野草》是梦之书，鲁迅或以散文，或以诗，或以诗性散文，审视自己的内心，言说更真实的自我。

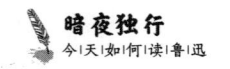

《野草》是梦之书

"梦"是鲁迅文学创作的一个关键词。解释《呐喊》的来由,鲁迅就说,年青时做过很多梦,后来大半忘却了,这不能全忘的一部分,便写成了《呐喊》。但这个梦的核心意义其实是理想,是在理智状态下对未来人生的设计,只不过因为实现的难度较大,所以鲁迅称之为梦。但《野草》是一本不折不扣的梦之书。全书二十三篇,直接以梦起头的有:

"我梦见自己在冰山间奔驰。"(《死火》)

"我梦见自己在隘巷中行走,衣履破碎,像乞食者。"(《狗的驳诘》)

"我梦见自己躺在床上,在荒寒的野外,地狱的旁边。"(《失掉的好地狱》)

"我梦见自己正和墓碣对立,读着上面的刻辞。"(《墓碣文》)

"我梦见自己在做梦。"(《颓败线的颤动》)

第四章
地狱边沿的"野草"

"我梦见自己在小学校的讲堂上预备作文,向老师请教立论的方法。"(《立论》)

"我梦见自己死在道路上。"(《死后》)

第一篇《秋夜》虽未做梦,但写于深夜,也处处说梦:"他知道小粉红花的梦,秋后要有春;他也知道落叶的梦,春后还是秋。"第二篇《影的告别》实际上也是以梦起头:"人睡到不知道时候的时候,就会有影来告别,说出那些话——"《好的故事》是睡意蒙胧中所作:"我在蒙胧中,看见一个好的故事。"《一觉》何尝不是一梦:"我疲劳着,捏着纸烟,在无名的思想中静静地合了眼睛,看见很长的梦。"

综合来看,一本书有半数直接跟梦相关,说是梦之书毫不为过。鲁迅为什么要写一本梦之书?这就必须提到日本文艺理论家厨川白村。1923年,年仅44岁的厨川白村于关东大地震中遇难,其遗稿《苦闷的象征》1924年2月在日本出版,引起极大关注。1924年4月8日,鲁迅买到该书;9月动手翻译,10月份就译完,10月1日开始在《晨报》副刊连载,12月出版。鲁迅对该书非常重视,译出后还发给他所教授的学生作讲义。《野草》中的第一篇《秋夜》创作于1924年9月15日,其创作受《苦闷的象征》一书影响毫无疑问。鲁迅概括厨川白村思想的核心是"生命力受压抑而生的苦闷懊恼乃是文艺的根柢,而其表现法乃是广义的象征主义"①。在厨川白村的论说中，文艺是苦闷的产物，但文艺并不是直抒苦闷的，正如人的真实想法会通过某种修饰在梦中呈现，文艺在抒发苦闷时也须通过某种修饰的技巧，也就是所谓象征。

或一抽象底的思想和观念，决不成为艺术。艺术的最大要件，是在具象性。即或一思想内容，经了具象底的人物、事件、风景之类的活的东西而被表现的时候；换了话说，就是和梦的潜在内容改装打扮了而出现时，走着同一的径路的东西，才是艺术。而赋予这具象者，就称为象征（symbol）。所谓象征主义者，决非单是前世纪末法兰西诗坛的一派所曾标榜的主义，凡有一切文艺，古往今来，是无不在这样的意义上，用着象征主义的表现法的。②

从这里我们至少可以得出两点：第一，苦闷是很适合转化为文艺作品的；第二，这种转化必须借助某种具象的方式，也就是鲁迅所谓广义的象征主义的方式。可以想象，当处于苦

---

① 鲁迅.译文序跋集·译《苦闷的象征》后三日序//鲁迅全集：第10卷.北京：人民文学出版社，2005：261.
② 厨川白村.苦闷的象征//鲁迅译文集：第3卷.北京：人民文学出版社，1958：29.

第四章
地狱边沿的"野草"

闷期的鲁迅遭遇厨川白村关于苦闷与文艺关系的论说时,发生共鸣是自然而然的。鲁迅在后来给萧军的信中谈到这一时期的写作:"我的那一本《野草》,技术并不算坏,但心情太颓唐了,因为那是我碰了许多钉子之后写出来的。"①颓唐的鲁迅遭遇《苦闷的象征》,写出了苦闷的《野草》。鲁迅创作《野草》的另一个原因是他试图真实地言说自己。我们通常把鲁迅当成一个说真话的作家。关于这一点,他自己却是否认的,正如他说《呐喊》的创作是"听将令";还比如说,他在给许广平的信中说:"我所说的话,与我所想的不同,至于何以如此,则我已在《呐喊》的序上说过:不愿将自己的思想,传染给别人。何以不愿,则因为我的思想太黑暗,而自己终不能确知是否正确之故。"②一方面是极度的苦闷;一方面又不敢说真话,怕自己真实的思想会误导年轻人。而《苦闷的象征》帮他找到了一种方式:用象征的手法(梦便是其中一种)隐晦地传达,这样既能真实表达自己,又不用担心被人看穿。既想表达又怕看穿,这不是自相矛盾吗?表达是因为在极度苦闷下必须寻找出口,隐藏自己是不想把颓唐的心情传染给

---

① 鲁迅.1934年10月9日致萧军信//鲁迅全集:第13卷.北京:人民文学出版社,2005:224.

② 鲁迅.两地书·1925年5月30日信//鲁迅全集:第11卷.北京:人民文学出版社,2005:80.

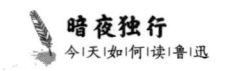

别人。

鲁迅在十年后《野草》英译本出版时写了个序，解释了其中一些篇章的创作目的。

【经典品读】

《野草》英译本序中关于部分篇章创作目的的论说

这二十多篇小品，如每篇末尾所注，是一九二四至二六年在北京所作，陆续发表于期刊《语丝》上的。大抵仅仅是随时的小感想。因为那时难于直说，所以措辞就很含糊了。

现在举几个例罢。因为讽刺当时盛行的失恋诗，作《我的失恋》。因为憎恶社会上旁观者之多，作《复仇》第一篇。又因为惊异于青年之消沉，作《希望》。

《这样的战士》，是有感于文人学士们帮助军阀而作。《腊叶》，是为爱我者的想要保存我而作的。段祺瑞政府枪击徒手民众后，作《淡淡的血痕中》，其时我已避居别处；奉天派和直隶派军阀战争的时候，作《一觉》，此后我就不能住在北京了。

所以，这也可以说，大半是废弛的地狱边沿的惨白色小花，当然不会美丽。但这地狱也必须失掉。这是由几个

第四章
地狱边沿的"野草"

> 有雄辩和辣手,而那时还未得志的英雄们的脸色和语气所告诉我的。我于是作《失掉的好地狱》。

《野草》一共二十三篇。鲁迅解释了其中八篇的来由。从写作的角度,无可厚非,举例不用穷尽所有的篇目。有意思的是,前面提到,《野草》中有七篇直接以梦起头,与上述解释创作缘由的八篇中,只有《失掉的好地狱》一篇是重合的。换句话说,时过境迁,有些可以说出来的鲁迅说出来了;有些当时不可说、现在仍不可说的,鲁迅依然没说。而不能解释的篇章中,以梦为载体的居多。当然,还有一种可能,就是有些篇章中的意思只能以当时的方式言说,你要换种方式把这种意思表达出来,连鲁迅自己都很难做到。这大概跟我们很难用语言解释自己的梦境相似吧。

无论如何,《野草》这本梦之书相比鲁迅其他的作品,更接近鲁迅的内心。如果我们要揭示一个真正的鲁迅,自然要从《野草》开始。具体一点说,从第一篇《秋夜》开始。

寂寞中的两株"枣树"

《秋夜》是《野草》的第一篇,也是理解《野草》的敲门砖。正如日本学者丸尾常喜所说:"《秋夜》作为《野草》思想和艺术的出发点,占有不可替代的位置。"[①]《秋夜》作为鲁迅的经典之作,对其解释众说纷纭,总体来说有以下几个路径:一是从时代背景开始强行阐释,如"鬼睒眼的天空"就是指称当时腐败无能的北洋政府。倒不是说解读一个作品不需要结合时代背景,而是由背景而作品的方式不是对于每种作品都有效,尤其是对于《秋夜》这类被鲁迅埋下诸多不便言说之意的作品。二是为各种意象找到对应点,如枣树象征抗争的鲁迅、小粉红花象征肤浅乐观的弱小者、天空代表恶势力。对于一篇极具象征主义色彩的作品,这类解读自然有一定的解释力,但割裂全文语境的做法容易丧失原作的某些文学价值。三是把《秋夜》放进鲁迅的整体思想中予以解读,小粉红花代表

---

① 丸尾常喜. 耻辱与恢复——《呐喊》与《野草》. 北京:北京大学出版社,2009:148.

第四章
地狱边沿的"野草"

年青人的乐观哲学,落叶代表了老年人的悲观哲学,枣树当然代表了鲁迅立足当下的抗争哲学。这种解释相比前两种更为有效,但一一对应的做法也许会为了呈现鲁迅哲学的严谨,而丧失了鲁迅文学的丰富。我认为,《秋夜》就像是寂寞中的鲁迅的一次意识流动,他的目光和思绪交织游移,意识所及之处,思想随时产生火花。

首先,我们回到文本本身。"在我的后园,可以看见墙外有两株树,一株是枣树,还有一株也是枣树。"这是《秋夜》著名的开头。从语法的角度看,这即便不是一个病句,也是一个表达累赘的句子。有初中以上文化者就可以兴致勃勃地为大文豪改成更简洁的表达:在我的后园可以看见墙外有两株枣树。但如果在想象中把自己置身于当时的情境,也许会是另一番感受。鲁迅跟兄弟失和,从八道湾搬出,最后搬入西三条胡同21号。以前在八道湾住,家里人口多,加上孩子吵闹,肯定不会太安静。而在新居,就他和朱安两个。他向来与朱安不住一室,也绝少交流,周遭的安静可以想见。鲁迅一个人站在寂静的院子里,目光所及自然是高而大的枣树。这时的鲁迅并不是一个求真的科学家,也不是理性的观察者,他只是一个事业和亲情都陷入困境的寂寞的中年男人。他的思绪百无聊赖地随目光游走,所以先看到一株枣树,再看到一株枣树。这是寂寞者的观看方式。于是,枣树成为他观看夜景的参照物。沿着枣

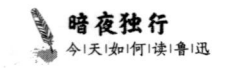

树的树干往上,是夜的天空,"奇怪而高"。在恍惚中,天空被人格化,冷眼,但"口角上现出微笑"。北京的秋夜自是已有寒气,鲁迅的目光沿着繁霜般的寒气往下移动,落在园子里的野花野草上。

【经典品读】

《秋夜》的部分段落

我不知道那些花草真叫什么名字,人们叫他们什么名字。我记得有一种开过极细小的粉红花,现在还开着,但是更极细小了,她在冷的夜气中,瑟缩地做梦,梦见春的到来,梦见秋的到来,梦见瘦的诗人将眼泪擦在她最末的花瓣上,告诉她秋虽然来,冬虽然来,而此后接着还是春,胡蝶乱飞,蜜蜂都唱起春词来了。她于是一笑,虽然颜色冻得红惨惨地,仍然瑟缩着。

枣树,他们简直落尽了叶子。先前,还有一两个孩子来打他们别人打剩的枣子,现在是一个也不剩了,连叶子也落尽了。他知道小粉红花的梦,秋后要有春;他也知道落叶的梦,春后还是秋。他简直落尽了叶子,单剩干子,然而脱了当初满树是果实和叶子时候的弧形,欠伸得很舒服。但是,有几枝还低亚着,护定他从打枣的竿梢所得的

第四章
地狱边沿的"野草"

> 皮伤,而最直最长的几枝,却已默默地铁似的直刺着奇怪而高的天空,使天空闪闪地鬼䀹眼;直刺着天空中圆满的月亮,使月亮窘得发白。

园子里的花草自然很多,鲁迅虽然寂寞,但也不会像生物学家一样去考察其种类和学名。他的注意力落在一种极细小的粉红花上,恍惚中它也被人格化,"瑟缩地做梦,梦见春的到来,梦见秋的到来,梦见瘦的诗人将眼泪擦在她最末的花瓣上,告诉她秋虽然来,冬虽然来,而此后接着还是春"。鲁迅是一位思想战士,在任何时候都不失战斗的锋芒,无论是与许广平的私人通信,还是回忆性散文集《朝花夕拾》,抑或是历史小说《故事新编》,写着写着只要觉得合适都会给他厌恶的"正人君子们"以一击。我们未必要去考证这"瘦的诗人"是谁,但这"秋后要有春"的廉价乐观既不符合他此时的心境,也不符合他历来的人生哲学。

思绪随眼光回到了参照物——枣树。天空被人格化了,小粉红花被人格化了,枣树自然也开始人格化了:枣子被打完,叶子也落尽,虽然孤独,但是轻松。从小粉红花的角度看,秋后是会有春的;从落叶的角度看,春后还是秋。这些枣树都知道,也理解,但不关心明天到底有什么,只关心现在,"而最直最长的几枝,却已默默地铁似的直刺着奇怪而高的天空,使天空闪闪地鬼䀹眼;直刺着天空中圆满的月亮,使月亮窘得发白",因为是天空带来寒气。枣树和天空在此构成了对峙关系。这是全文的第一部分,因为一只夜游的恶鸟打断了作者的思绪,尤其"我"听的笑声出自"我"自己,更说明此前的"我"处于一种无意识状态。

全文的第二部分转到室内,"我"又一次陷入意识的流动。一群小飞虫从窗纸的破孔中钻进来,然后往灯罩上撞。"一个从上面撞进去了,他于是遇到火,而且我以为这火是真的。"这句很是令人费解:明明是灯,怎么会是火?而且"我"还认为这火是真的。如果把小飞虫像前面的小粉红花或枣树一样人格化的话,就可以理解了:对于人是灯,可对于小飞虫,灯的温度岂不就是火。明知是火,他还要往上冲,有几个在灯罩上喘气休息的等着下一次冲击。中国有句成语叫"飞蛾扑火",这是勇气的象征。意识又一次流动,"我"从灯罩上的栀子花图案想到真正的栀子花开时的季节,那时的枣树满身枣子和叶子,也许和小粉红花一样享受春夏的快乐。"我"的思绪又一次被自己的笑声打断,觉得灯罩上的小青虫可爱、可怜,然后点上一根烟"对着灯默默地敬奠这些苍翠精致的英雄们"。很多人在解释《秋夜》的时候往往着重于"我"的第一次意识流动,对第二次不做解释,或者说,很难把这两个部分放在同一层面进行阐释。对于这一点，孙玉石先生的解读非常合理，他认为小粉红花和小青虫分别代表两类青年形象，而鲁迅"他同情小粉红花的悲惨遭遇，但却不满意于它们以美丽的梦来喂养自己生活的天真和幼稚。他钦敬小青虫追求光明的热情，但却不同意它们为些许的追求作出无谓的牺牲"[①]。

那为什么上述思想鲁迅不能直接说出，而要借助如此隐晦的象征手法来表达？鲁迅历来不赞成无谓的牺牲，比如在《纪念刘和珍君》一文中，虽然对刘和珍的牺牲表达了无限的悲痛和极大的尊重，但他依然认为"人类的血战前行的历史，正如煤的形成，当时用大量的木材，结果却只是一小块，但请愿是不在其中的，更何况是徒手"[②]。但如果不是仅仅点到为止，而是把一篇纪念文章写成"论不能徒手请愿"，恐怕会为很多青年所误解。鲁迅主张的从来都是"韧性"地战斗，他不乏幽默地说："我的可恶有时自己也觉得，即如我的戒酒，吃鱼肝油，以望延长我的生命，倒不尽是为了我的爱人，大大半乃是为了我的敌人，——给他们说得体面一点，就是敌人罢——要在他的好世界上多留一些缺陷。"[③]

---

① 孙玉石.《野草》研究.北京：中国社会科学出版社，1982：22.
② 鲁迅.华盖集续编·纪念刘和珍君//鲁迅全集：第3卷.北京：人民文学出版社，2005：293.
③ 鲁迅.《坟》题记//鲁迅全集：第1卷.北京：人民文学出版社，2005：4.

暗夜独行
今|天|如|何|读|鲁|迅

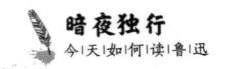

《秋夜》是一个情景，它把夜幕拉开，使压抑在鲁迅内心深处的各种意识以梦的形象涌现出来。它也是一把钥匙，有助于我们解开这些梦境的秘密。

比如《影的告别》。鲁迅的作品常常把自己外化为两个主体，一个主体向另一个主体诉说。文中的"影"在"我"睡着后就开始对"我"说话了，核心的意思是告别。"影"首先否定了几个人们通常说的去处：天堂、地狱、黄金世界。不去地狱很正常，作为一个正直的人不会如此堕落；不去天堂也好理解，因为有没有都很难说。那为什么不去黄金世界？黄金世界并不是拟想出来的天堂，而是绝大多数奋斗者所描绘的蓝图，是有实现可能的未来。"影"之所以不想去，其一是认为这样的黄金世界并不存在，只要是现实的世界都会有缺陷；其二是认为，即便存在这样的黄金世界，也不是他所能到达的，一代人有一代人的任务和使命。天堂、地狱、黄金世界都不想去，可以解释。接下来，"影"说：

然而你就是我所不乐意的。
朋友，我不想跟随你了，我不愿住。
我不愿意！
呜呼呜呼，我不愿意，我不如彷徨于无地。

第四章
地狱边沿的"野草"

"影"跟自己主人的分别只有在两种情况下可以实现：一是彻底的光亮，一是彻底的黑暗。"影"目前还没消失，是因为暂时还处于明暗之间，但他清楚地意识到，自己早晚会告别，而且确切地说是以被黑暗化的方式告别。鲁迅常说自己是一个思想黑暗的人，他写文章从未真正把心里的话说尽，觉得差不多可以交卷就行。但即便这样，已经让人觉得很冷酷，"如果全露出我的血肉来，末路正不知要到怎样"[1]。但如果我们把这句话完全等同于鲁迅的心声，可能又受骗了。鲁迅的确对未来有悲观的看法，但他从来不抹杀未来的可能性，就像他虽然认为"黑暗和虚无"是实有，但"我终于不能证实：惟黑暗与虚无乃是实有"[2]。鲁迅其实是不把希望寄托于将来，而是正视当下，执着于当下，执着于明暗之间，即便有一天真被黑暗吞没，但在当下一天，就要战斗一天。正如他在一次讲演中所说："所以我想，假使寻不出路，我们所要的就是梦；但不要将来的梦，只要目前的梦。"[3]鲁迅不是一个理想家，却是一个不折不扣的战士。因此，我们才能理解《希望》这篇。鲁

---

[1] 鲁迅.写在《坟》后面//鲁迅全集：第1卷.北京：人民文学出版社，2005：300.

[2] 鲁迅.两地书·1925年3月18日信//鲁迅全集：第11卷.北京：人民文学出版社，2005：21.

[3] 鲁迅.坟·娜拉走后怎样//鲁迅全集：第1卷.北京：人民文学出版社，2005：167.

迅在英文译本序中说这篇是惊异于青年之消沉而作，如果是一个彻底消沉的人，怎么会劝导青年不要消沉？他在作品中借裴多菲的诗句传达了他自己关于希望的辩证法，所谓"绝望之为虚妄，正与希望相同"，他承认希望在很多时候是虚无的，但绝望不同样是虚妄的吗？如果你无法证明绝望一定存在，那不就说明希望还是存在的吗？所以，不要去想希望存不存在的问题，立足当下而已。

在诗与散文之间

《野草》是最接近鲁迅内心的作品。这种接近是鲁迅有意为之的结果，他把在别的作品中不好说、不能说或者没有完全说尽的话通过《野草》予以表达。章依萍说："鲁迅先生自己却明白的告诉过我，他的哲学都包括在他的《野草》里面。"[①]但鲁迅之所以愿意在《野草》中真实地表达自我，跟他所采用的文体也有关系。这里面既有相对规范的散文，如《雪》《风筝》《死后》《腊叶》等，也有《我的失恋》这样的讽刺诗，当然还有以剧本形式出现的《过客》，但更多的是介于诗与散文之间的象征主义之作，我们通常称之为散文诗。只有在这种充满隐喻、象征的文体中，鲁迅才会放下面具，审视和挖掘自己的灵魂。他不用担心读者直接窥探他的内心，不在意读者能不能看懂，或者说，他这样写的目的正是要让你看不懂。

在这类文本中，首先一个重要特点是大量带有鲁迅印记的

[①] 章依萍.古庙杂谈（五）//瑞峰.章依萍作品选.北京：中央民族大学出版社，2005：229-230.

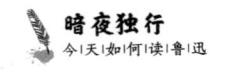

意象的使用。这些意象有些是生活中的普通物品或景象，一经作者使用就烙上了浓郁的鲁迅印记，比如秋夜、影、雪等；有些则为鲁迅生造，比如死火。《死火》这篇依然从梦境开始，"我"梦见自己在冰山间奔驰，然后坠入冰谷中，看见了死火。鲁迅调动丰富的想象力构造了这个形象："有炎炎的形，但毫不摇动，全体冰结，像珊瑚枝；尖端还有凝固的黑烟，疑这才从火宅中出，所以枯焦。这样，映在冰的四壁，而且互相反映，化为无量数影，使这冰谷，成红珊瑚色。"这就是优秀作家的意识。鲁迅构造死火的终极目的自然是传达他的思想，但如果他直接跳过死火形象的描绘，或者在这一环节上敷衍了事，那附着在死火意象上的思想传达也吸引不了读者的注意。当然，有了《秋夜》《影》等篇的铺垫，《死火》并不难理解，它既不愿被带出去，因为终将烧完；也不愿留在冰谷，因为终将冻灭。最后的选择是"与其冻灭，不如烧完"，这与前面几篇所反映的立足当下的哲学是一致的。

【经典品读】

《死火》的经典段落

"你的醒来，使我欢喜。我正在想着走出冰谷的方法；我愿意携带你去，使你永不冰结，永得燃烧。"

第四章
地狱边沿的"野草"

> "唉唉!那么,我将烧完!"
>
> "你的烧完,使我惋惜。我便将你留下,仍在这里罢。"
>
> "唉唉!那么,我将冻灭了!"
>
> "那么,怎么办呢?"
>
> "但你自己,又怎么办呢?"他反而问。
>
> "我说过了:我要出这冰谷……"
>
> "那我就不如烧完!"

其次,《野草》呈现了鲁迅丰富奇崛的想象力。在《野草》中,鲁迅大量使用"我梦见"的句式开头,但开头容易,写好却难,最难之处在于如何有效调动想象力来描摹梦境。《秋夜》中的"我"在半梦半醒之间,所看到的景象好歹还是鲁迅园子里的实体;其他篇目则完全是梦中之景,不但景象要真,而且要符合梦的特征。比如在《死火》中,"我"梦见的冰山是:"上接冰天,天上冻云弥漫,片片如鱼鳞模样。山麓有冰树林,枝叶都如松杉。一切冰冷,一切青白。"在《失掉的好地狱》中,"我"梦见的地狱是:"一切鬼魂们的叫唤无不低微,然有秩序,与火焰的怒吼,油的沸腾,钢叉的震颤相和鸣,造成醉心的大乐,布告三界:地下太平。"《死后》更

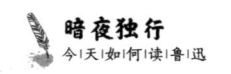

是一篇充满想象力的文章。"我梦见自己死在道路上",但知觉还在,于是:独轮车从"我"头边推过,轧轧地叫得人心烦;太阳上来,照得"我"满眼绯红;看热闹的踹起黄土,使"我"想打喷嚏。过分的事情陆续发生:有人质疑"我"不该死在这里,有人钉钉子只钉两个,有人还向"我"推荐明版的《公羊传》。一场死后的荒唐大戏在鲁迅的想象中上演。

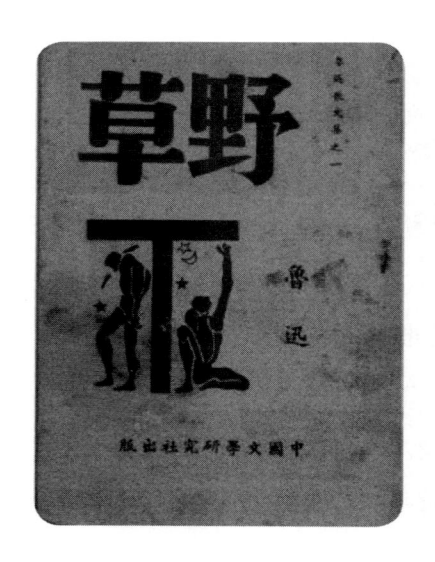

中国文学研究社版《野草》封面

再次,梦境的呈现不仅反映在环境和意象的独特上,梦中内容的驳杂、情节的片段化、语言的含混等都得到表现。梦是理智迷离下的表现,它有时是非梦状态情绪的反映或延续,有时却与非梦状态时的表现相背离。但无论是何种,它都不可能

第四章
地狱边沿的"野草"

是完整的、流畅的，甚至清晰的。学者张闳在这一点上做过详细分析，尤其强调鲁迅在梦境语言上的创造性："《野草》在写作上也尽量模拟梦的话语规则，它以零散、含混、悖谬的语体及大量的隐喻、象征、反讽、寓言修辞和文体手段，来描摹梦境，而不是对梦的内容的直接陈述。这些表现手段，给《野草》文本笼上了一层浓重的迷雾，使人难以直接窥透其深隐的奥秘。然而，这一切却是《野草》诗性因素，也恰恰是《野草》的艺术魅力和风格秘密之所在。"[1]确实如此，《影的告别》《死火》《失掉的好地狱》这些篇目之所以难懂，一方面在于鲁迅把意图藏于难解的意象之中，另一方面，梦中语言的零散、含混、悖谬也带给我们理解上的障碍，但这不正是梦境的特征吗？

最后，鲁迅也消化了厨川白村的某些艺术理论，比如在梦境中借用戏曲小说的表现技巧。《苦闷的象征》中提到，"在梦里，也有和戏曲小说一样的表现的技巧。事件展开，人物的性格显现。或写境地，或描动作"[2]。反过来说，当我们利用梦境表现自己时，也可以借鉴戏曲小说的表现方式。比如，

---

[1] 张闳."野草"在歌唱——读鲁迅《野草》//言辞喧嚣的时刻.北京：新星出版社，2014：9.
[2] 厨川白村.苦闷的象征//鲁迅译文集：第3卷.北京：人民文学出版社，1958：28.

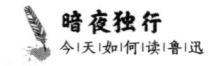

在《野草》中有多篇纯粹靠梦中对话来结构。《狗的驳诘》中"我"与狗之间的辩论、《立论》中老师教"我"立论的方法，都采用了小说中常见的对话形式。在《颓败线的颤动》中，"我"梦见自己在做梦，这所谓的梦中梦其实由两个梦境组成，一个是年轻的母亲为养活两岁的女儿牺牲肉体换取食物，另一个是长大后成家立业的女儿驱赶了为其付出一生的老母亲。这更像是电影中的蒙太奇，不同时空生活场景的交叠强化了文中母亲被辜负的羞辱与愤怒。

【我来品说】

1. 为什么说鲁迅的《野草》是梦之书？梦在鲁迅的精神结构中起到什么样的作用？

2.《野草》的想象力表现在哪些方面？

第五章 "朝花"怎样"夕拾"

> **导读**
>
> 动荡生活中的鲁迅"旧事重提",写了一本温情的回忆性散文集《朝花夕拾》。他回忆童年祖母的故事、照顾他的长妈妈、玩耍的百草园、父亲的病,以及给过他温暖的藤野先生……

第五章
"朝花"怎样"夕拾"

  1926年的中华大地依旧不得平静。年初，奉系军阀与国民军之间的战争爆发；3月12日，日军为掩护奉军舰队炮轰大沽炮台；3月18日，北京市民游行抗议，被打死四十七人、打伤一百五十余人。就在这一年，鲁迅的生活也开始动荡不安：3月到5月多次更换住处避难，8月离京前往厦门大学任教；第二年1月又从厦门转赴广州。但就是在这样的动荡中，鲁迅写出了一本相比此前创作更为平和与温情的回忆性散文集：从回忆的角度看是"旧事重提"，从创作的心理看是"朝花夕拾"。这本看似平淡的《朝花夕拾》，既无《呐喊》的批判锋芒，也无《野草》的自省气质，却被周作人称为"古今少有的书"。

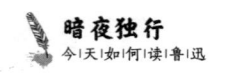

为什么"旧事重提"

《朝花夕拾》于1928年9月出版,共收录鲁迅1926年创作的回忆性散文十篇。1926年的北京依旧是"城头变幻大王旗",军阀轮流坐庄。《狗·猫·鼠》《阿长与〈山海经〉》分别写于2月和3月,那时鲁迅还住在北京西三条胡同的寓所;《二十四孝图》《五猖会》《无常》三篇写于5、6月间,彼时"三一八"惨案已发生两月,鲁迅早在3月26日被列入政府通缉名单后就离家避居,直到5月才回寓所,最惨的时候还住过一间堆积杂物兼作木匠作坊的房子。鲁迅夜间在水泥地面上睡觉,白天用面包和罐头充饥。即便在这样恶劣的环境中,鲁迅还是坚持写作,所以他说这三篇是"流离中所作"。受厦门大学之聘,鲁迅8月启程离开北京赴厦,到厦门后没住几天就搬了两回住处,最后住在厦门大学的图书馆,《朝花夕拾》中的后五篇便是写于此处。

这些文章最早发表在《莽原》上,还有一个总题为《旧事重提》,可以说从开写就存在某种理由和倾向。鲁迅不是一个

第五章
"朝花"怎样"夕拾"

喜欢生活在回忆中的人,"所谓回忆者,虽说可以使人欢欣,有时也不免使人寂寞,使精神的丝缕还牵着已逝的寂寞的时光,又有什么意味呢"①。所以,他能忘却的尽量让自己忘却,实在忘不了的也写成了《呐喊》中的篇章。写在《呐喊》中的过去,都是可以从中见出国民精神的病痛,以引起救治的。换句话说,他把那些回忆写成小说是因为启迪民智、改造国民性的需要。那童年的琐事、求学的过往、为父求医的经历等,他为什么还要旧事重提呢?

鲁迅在厦门南普陀荒坟前留影

---

① 鲁迅.《呐喊》自序//鲁迅全集:第1卷.北京:人民文学出版社,2005:437.

首先，是缘于寂寞的心境。《新青年》群体的分化、兄弟间的失和让鲁迅经历了从未有过的痛苦和孤独，1925年发生的"女师大风潮"又让他对知识分子群体，尤其是所谓"正人君子"之流尤为失望。在这种未曾经历的无聊中，从记忆中找些温暖的素材敷衍成文，也许能稍稍排遣这种寂寞。虽然鲁迅自嘲"一个人做到只剩了回忆的时候，生涯大概总要算是无聊了罢"，但他随即又说"但有时竟会连回忆也没有"[①]。这句话也许我们可以理解为：有回忆总归是不错的，所以"旧事重提"也无妨。尤其是在厦门大学那一段时光，我们可以想象鲁迅一个人站在图书馆的楼上，前面是无尽的大海，后面是连绵的坟山，写下童年百草园中的趣事，多少能减轻这种寂寞之感吧。

女师大风潮

即北京女子师范大学学生开展的以驱逐校长杨荫榆为中心的斗争风潮。1925年1月，女师大学生自治会召开紧急会议，不承认压制学生运动的杨荫榆为校长。4月，章士钊强调"整顿校风"，支持杨荫榆。5月9日，女师大校评议会开除许广平、刘和珍等6名学生。5月11日，女师大学生自治会召开全体紧急会

---

① 鲁迅.《朝花夕拾》小引 // 鲁迅全集：第2卷.北京：人民文学出版社，2005：235.

议，决定驱逐杨荫榆，同时出版《驱杨运动特刊》，并将真相诉诸社会。5月27日，鲁迅、沈尹默、钱玄同等7名教授联名在《京报》上发表《对于北京女子师范大学风潮宣言》，坚决支持女师大学生。8月22日，许广平、刘和珍等13名学生被打伤，女师大被强行解散。11月28日，北京爆发以推翻段祺瑞执政府、建立国民政府为目的的首都革命。11月30日，女师大学生胜利返回原校舍。历时近一年的女师大风潮取得最后胜利。

在这场风潮中，鲁迅坚决站在学生一边。

其次，是因为有了潜在的倾听对象。1923年秋天开始，鲁迅在北京女子师范大学任教。1925年3月11日，鲁迅接到学生许广平的来信。那时的许广平正领导学生反对校长杨荫榆，在苦闷中写信给老师寻求精神上的帮助。从此，两人开始频繁通信，并有了私人间的往来。他们究竟什么时候真正确定彼此的心意，我们无从知晓。但1926年的鲁迅和许广平已经到了非常亲近的地步，所以才会有8月26日的共同离京，一个前往厦门，一个去往广州，相约分头苦干两年，为未来积累足够的生活费用。在北京的时候，许广平已经为鲁迅抄写文章；分别两地后，两人书信不断。可以想见，鲁迅这一时期的写作多少有满足这个潜在读者"期待视野"的可能。写些相对轻松、温情的

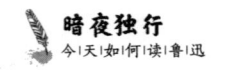

散文，是不是更能体现男性在刚强之外的柔软？

再次，所谓重提，也可以理解为重写。如果非要抠字眼的话，提过的旧事才叫重提。《朝花夕拾》中的很多事情，鲁迅在以前的作品中都有提及。《狗·猫·鼠》可以与《兔和猫》作为互文来读，《无常》中船上看戏的经历在《社戏》中自有点染，《从百草园到三味书屋》中的捕鸟在《故乡》中可以找到线索，《父亲的病》《琐记》《藤野先生》在《〈呐喊〉自序》中均有提及，《范爱农》中的事情在《孤独者》里可以找到部分对应。所以说，所谓旧事重提，也可以说是旧事重写——从不同的角度写。鲁迅说他做不到"带露折花"。记录一件刚发生的事可能会更接近事实的真相，所谓"色相自然要好得多"；但朝花夕拾，也许能有不同的芳香与滋味。一个人的回忆有多个侧面，关键看你择取的是哪一面。从这个意义上说，其实鲁迅从来不是一个专门说"恨"的作家，同一件事在《朝花夕拾》里重写，则有别样的温情。

第五章 "朝花"怎样"夕拾"

他们也许要哄骗我一生

　　研究者们经常会提到《朝花夕拾》中的回忆散文并不纯粹，鲁迅常常会在行文中予以现实的讽喻，例如：《狗·猫·鼠》中不忘讽刺陈西滢和章士钊，《二十四孝图》中则诅咒谋害白话的人都应该灭亡，《无常》中也拎出"正人君子"们亮相。但这些都只是鲁迅行文的惯性使然，他是一名思想战士，随时予痛恨的人和事一击是其本能。书中诸篇核心的元素还是回忆，一如幼时的夏夜，"我"躺在一株大桂树下的小板桌上乘凉，祖母摇着芭蕉扇坐在桌旁，给"我"猜谜、讲故事。如今，鲁迅就如摇着芭蕉扇的祖母般，摆起闲聊的架势给读者讲过去，这些讲述中最温暖人心的自然是给鲁迅生命留下印迹的重要的人。

　　第一个自然是长妈妈。长妈妈是鲁迅家的女工阿长，在多篇作品中出现过。大多数时候，鲁迅对她的描写并不友善。长妈妈第一次出场形象就不大好，这是在《狗·猫·鼠》中，她告诉"我"隐鼠是被猫吃去了，其实是被她一脚踩死的。在

暗夜独行
今天如何读鲁迅

《阿长与〈山海经〉》中,鲁迅先是花了大量篇幅"控诉"阿长。比如阿长喜欢说是非,还喜欢竖起第二个手指,"在空中上下摇动,或者点着对手或自己的鼻尖"。阿长也不是个合格的保姆,她睡觉时经常伸开双手双脚,在床中间摆成一个"大"字,挤得"我"没有翻身的余地,有时竟然一条胳膊还搁在"我"的脖子上。她还会在大年初一的早上硬塞冰冷的橘子到"我"嘴里,说是福橘,这算是"我"新年辟头的磨难。但就是这样一个不招人喜欢的长妈妈,突然在休假回家的四五天后,将一包书塞给"我","我似乎遇着了一个霹雳,全体都震悚起来;赶紧去接过来,打开纸包,是四本小小的书,略略一翻,人面的兽,九头的蛇,……果然都在内",原来,这是阿长见"我"心心念念绘图的《山海经》,趁回家的机会帮"我"搜集到的。对一个孩童而言,最宝贵的不是一个人有多强大或多富有,也不是能给他带来多少好东西,而是能真正关心他的需求。阿长的这份好让鲁迅终生铭记,所以在文章的结尾,鲁迅以少有的感性写道:"仁厚黑暗的地母呵,愿在你怀里永安她的魂灵!"这也许不是如艾青笔下那位大堰河一样宽厚、无私的保姆,却是在几十年后依然给予鲁迅温暖的平凡人。

《父亲的病》也写得颇为感人。在《〈呐喊〉自序》中,就是从父亲的病写起,因为这是鲁迅家"从小康人家坠入困顿"的开始。所以，父亲的病所带来的，是十几岁的"我"总是从一倍高的柜台外送上衣服或首饰去，在侮蔑里接了钱，再到一样高的柜台上去买药。《父亲的病》仿佛是这一段的展开：出诊的名医如何大牌，开出的药引如何难找，父亲的病如何日重一日。就在我们以为鲁迅主要想通过"父亲的病"延续他对中医的批判时，文章在结尾的部分把读者带进了他对父亲深深的愧疚与思念中。

【经典品读】

《父亲的病》结尾

"叫呀，你父亲要断气了。快叫呀！"衍太太说。

"父亲！父亲！"我就叫起来。

"大声！他听不见。还不快叫？！"

"父亲！！！父亲！！！"

他已经平静下去的脸，忽然紧张了，将眼微微一睁，仿佛有一些苦痛。

"叫呀！快叫呀！"她催促说。

"父亲！！！"

"什么呢？……不要嚷。……不……"他低低地说，又较急地喘着气，好一会，这才复了原状，平静下去了。

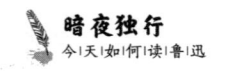

> "父亲！！！"我还叫他，一直到他咽了气。
>
> 我现在还听到那时的自己的这声音，每听到时，就觉得这却是我对于父亲的最大的错处。

鲁迅在这篇文章里还罕见地用了"我很爱我的父亲"这样的句子，虽然我们并不怀疑鲁迅对父亲的爱，但鲁迅这样冷峻的作家真的很少使用如此温情的字眼。也正是因为他爱父亲，所以他后悔在父亲临死前的大声呼叫。鲁迅认为自己的错处在于，不该听从衍太太的话，不该听任世俗的摆布，而应该遵从自己的内心，默默祈祷父亲走得更平静些。

藤野先生是又一个温暖鲁迅的平凡人。在《〈呐喊〉自序》中，鲁迅提过自己学医的经历，因为表现的侧重点不一样，藤野先生并未出场。而在《藤野先生》这篇文章里，为什么学医，又为什么弃医从文，不再是鲁迅书写的重点，他想表达的是一位普通的日本老师对自己这个中国学生的无私关怀。要说藤野先生对作者到底有多好也谈不上，无非就是主动帮他改讲义，指出他学习中的问题。这自然是一位好老师，但我们身边同样不乏这样的好老师。如果我们把视野扩大到中日关系的背景下，这些就显得难能可贵了：一方面是日本学生质疑中国留学生的智商，认为他们的分数在六十分以上就有可能是作弊的结果，这些日本学生甚至当着鲁迅的面欢呼中国人被枪毙；另一方面，却是藤野严九郎对作者的默默关注、不时提醒。我认为，鲁迅对藤野先生最为敬重的地方倒不仅仅在于先生对他个人的好。鲁迅说："有时我常常想：他的对于我的热心的希望，不倦的教诲，小而言之，是为中国，就是希望中国有新的医学；大而言之，是为学术，就是希望新的医学传到中国去。他的性格，在我的眼里和心里是伟大的，虽然他的姓名并不为许多人所知道。"如果鲁迅是在一所名校遇到一位名师，如杜威之于胡适，白璧德之于梁实秋，他们希望自己的弟子回到中国传播自己的学术，这倒可以理解。但藤野先生只是一位平平凡凡、不为人知的普通老师，依然对知识、对学术有如此的尊重，这才是鲁迅郑重写下这篇散文的真正原因。

《范爱农》大概是其中写得最为松弛的一篇，是一种内疚中的松弛。《孤独者》中的魏连殳多少有些范爱农的影子，但那毕竟是小说，是为呈现主题虚构出来的人物。而《范爱农》是生动、完整地呈现了一位鲁迅所怀念的旧友的形象。鲁迅对范爱农太熟，两人之间肯定也常开玩笑，所以开手写来无比松弛。尤其那段"从此我总觉得这范爱农离奇，而且很可恶。天下可恶的人，当初以为是满人，这时才知道还在其次；第一倒是范爱农。中国不革命则已，要革命，首先就必须将范爱农除去"，如果这段话出现在《孤独者》中，那么不是讽刺便成

暗夜独行
今|天|如|何|读|鲁|迅

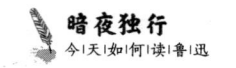

油滑。但这是在回忆一位熟悉的好友，我们甚至能想象到鲁迅写这一段时脸上的微笑。但文章逐步从悲哀里写去。武昌起义之后，接着是绍兴光复，他们本以为国家要变好了，"第二天爱农就上城来，戴着农夫常用的毡帽，那笑容是从来没有见过的"。很快，他们就发现其实还是一样，不过是铁路股东变成行政司长，钱店掌柜变成军械司长……范爱农的境遇越来越糟，最终在一次醉酒后落水而死。鲁迅在文章中没一句提到对这位好友的内疚，但范爱农死前常说的那句"也许明天就收到一个电报，拆开来一看，是鲁迅来叫我的"，泄露了作者所有的心思。他没想到范爱农竟然如此信任他，虽然他能找出种种理由证明自己的无能为力，如：初到异地，人生地不熟；自己境遇也不好，无法为范爱农谋事，等等。鲁迅没有解释，只是如实地写出范爱农死后的种种，但愧疚之意弥漫于字里行间。而就整篇而言，鲁迅的痛苦更在于，徐锡麟、秋瑾、陈伯平、马宗汉那些同代人都为革命献出了生命，他还孤独地苟活着；那些先烈们用生命换来了民国，但国家并没有因此变得更好。

这是一部温暖的书，鲁迅用少有的感性的文字为那些平凡的"爱我者"立传。除此之外，迎神赛会的热闹、百草园的神秘、南京求学吃饽饼的快乐，都给鲁迅的回忆镀上了一抹亮色。但在回味的同时，鲁迅对此是保有警惕的，他知道回忆固然能给人温暖，但倾向性的回忆未必不是一种自欺欺人，所以他在《朝花夕拾》的引言中说："我有一时，曾经屡次忆起儿时在故乡所吃的蔬果：菱角，罗汉豆，茭白，香瓜。凡这些，都是极其鲜美可口的，都曾是使我思乡的蛊惑。后来，我在久别之后尝到了，也不过如此；惟独在记忆上，还有旧来的意味留存。他们也许要哄骗我一生，使我时时反顾。"说的是蔬果，指的是记忆，包括《朝花夕拾》里这些"从记忆中抄出来的文字""他们也许要哄骗我一生，使我时时反顾"。说"哄骗"是出于鲁迅清醒的性格使然，"时时反顾"却是说明鲁迅愿意相信这份记忆。

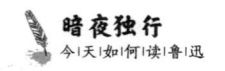

"真是古今少有的书"

《朝花夕拾》在鲁迅的创作中是一部独特的作品,但各家评价差异很大。日本研究者竹内好认为,从作品的重要程度看,《朝花夕拾》在鲁迅整个的文学创作中所占的位置并不重要,因为"它不包含与《呐喊·自序》《社戏》《孤独者》不同的新东西。创作的意义不太大,也并不是纯粹的作品。即便像《藤野先生》这样的好文章,也免不了语调低沉,与其称它为作品,不如称为作品的素材"[1]。所谓作品的重要性,竹内好是从思想角度来观察的,在他看来,《父亲的病》《藤野先生》之于《〈呐喊〉自序》,《无常》之于《社戏》,《范爱农》之于《孤独者》,所用的素材相似,但并无新的思想出来。这样的论点一是抹杀了散文与小说的文体区别,二是把所谓"新东西"单纯认定为思想侧面,而完全忽略了《朝花夕拾》是对记忆中的一些素材进行重写,基调、侧重、色彩均

---

[1] 竹内好.从"绝望"开始.北京:生活·读书·新知三联书店,2013:132-133.

第五章 "朝花"怎样"夕拾"

有不同。而鲁迅的二弟周作人在晚年的写作中则对该书大加赞叹："鲁迅的一卷《朝花夕拾》，真是古今少有的书，翻开来时觉得惊喜，因为得未曾有，及至看完了，又不禁怅然，可惜这太少了。"[1]周作人写作平淡冲和，并不是一个情感起伏剧烈、用语色彩夸张的人，他这么评价该书，自有其出发点。

周作人这段话写于他的短文《活无常与女吊》中，发表时间为1950年。时隔二十多年，他独独记得书中的《无常》，也提到了鲁迅去世前写的类似文章《女吊》，说明《朝花夕拾》中更吸引他的便是《无常》这样的文章。《无常》是写鬼的，不像文集中的《父亲的病》《藤野先生》《范爱农》等篇目有较强的叙事性，对话题不感兴趣的人未必有耐心看完。但如果你真以为鲁迅单纯为写鬼，那就错了，他感兴趣的无非是鬼后面的人情、人性。周作人就说了，他喜欢这类文章，不是因为他相信鬼，鬼恰恰是他不相信的事物之一，"我所觉得有意思的，是老百姓的在这鬼身上所表现出来的苦痛与幽默"[2]。鲁迅写鬼想来也是为此。《无常》提到，人们与无常最稔熟也最亲密，原因大概是谁在世间都会有些冤抑，在阳间往往得不到申冤的机会，于是不得不产生对阴间的神往：公正的裁判是在阴间。从这个角度出发，一想到生的痛苦，那来带人去阴间的无常就没

---

[1][2] 周作人.活无常与女吊//钟叔河.周作人文类编：6.长沙：湖南文艺出版社，1998：481.

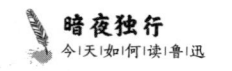

那么招人讨厌了。鲁迅文字上说的是鬼，实际上说的是人，说的是世间的不公和人生的艰难。关键是，鲁迅说这些鬼神之事用的是一本正经的态度，对于民间传说、杂书野史、小说小品旁征博引，还详细地探讨唱词中的字音字意。周作人向来主张散文中知识性与审美性的结合，难怪多年以后会对这一篇仍心心念念，何况《无常》中还有周作人稍微欠缺的幽默感。

【经典品读】

《无常》中的幽默

迎神时候的无常，可和演剧上的又有些不同了。他只有动作，没有言语，跟定了一个捧着一盘饭菜的小丑似的脚色走，他要去吃；他却不给他。另外还加添了两名角色，就是"正人君子"之所谓"老婆儿女"。凡"下等人"，都有一种通病：常喜欢以己之所欲，施之于人。虽是对于鬼，也不肯给他孤寂，凡有鬼神，大概总要给他们一对一对地配起来。无常也不在例外。所以，一个是漂亮的女人，只是很有些村妇样，大家都称她无常嫂；这样看来，无常是和我们平辈的，无怪他不摆教授先生的架子。一个是小孩子，小高帽，小白衣；虽然小，两肩却已经耸起了，眉目的外梢也向下。这分明是无常少爷

第五章
"朝花"怎样"夕拾"

> 了,大家却叫他阿领,对于他似乎都不很表敬意;猜起来,仿佛是无常嫂的前夫之子似的。但不知何以相貌又和无常有这么象?吁!鬼神之事,难言之矣,只得姑且置之弗论。至于无常何以没有亲儿女,到今年可很容易解释了;鬼神能前知,他怕儿女一多,爱说闲话的就要旁敲侧击地锻成他拿卢布,所以不但研究,还早已实行了"节育"了。

当然,《朝花夕拾》诸篇风格各异,亮点自有不同。《狗·猫·鼠》以杂文笔法开头,继之以知识小品;等写到祖母在夏夜摇扇讲故事,已到文章中部。于是儿童视角显现,庆幸猫没把爬树的本领教给老虎,否则从桂树上也许会爬下一匹老虎来;在老屋中的豆油灯下熬着不睡,只为等"老鼠成亲"的仪式;阿长告知隐鼠被猫吃去,于是想出各种方式向猫报仇。《阿长与〈山海经〉》则直接以童年视角进入,用铺垫的叙事方式历数阿长的种种不好。及至写到阿长送"我"四本小人书,尤其还包括"我"心心念念的绘图版《山海经》,对阿长的情感突然爆发,以极为抒情的笔调吊怀这位童年的"爱我者":"我的保姆,长妈妈即阿长,辞了这人世,大概也有了三十年了罢。我终于不知道她的姓名,她的经历;仅知道有一个过继的儿子,她大

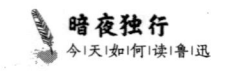

约是青年守寡的孤孀。仁厚黑暗的地母呵，愿在你怀里永安她的魂灵！"《二十四孝图》算是一篇杂文，大概作者因"流离"而愈发增强了对扼杀新文化者的憎恨。《五猖会》是篇奇文，作者花尽笔墨写对五猖会的向往，写别人描述中的赛会的盛况。在一次"船椅，饭菜，茶炊，点心盒子"已经搬进大船、即将开拔前往东关看会的当口，父亲让"我"背完书才能走，那时的"我"才七岁啊。书最终背完，船也终于开拔，而"我"却没那么高兴，"直到现在，别的完全忘却，不留一点痕迹，只有背诵《鉴略》这一段，却还分明如昨日事"。作者看似在写五猖会，实则在写父亲；看似写父亲这段不带任何情感，其实什么都表达了。父亲在鲁迅十三岁的时候开始患病，鲁迅关于父亲的记忆并不多。七岁时的这次背书也许在儿时鲁迅的心里还不乏埋怨，可是在三十多年后的中年鲁迅心中，却是难得的温暖的记忆。在厦门所作的后五篇记人记事都极为松弛，杂文笔法渐淡，隐藏的情感浓度渐深，堪为叙事散文的典范。

【我来品说】

1. 鲁迅为什么要写一本关于回忆的书，此书中的散文与《野草》中的散文有何不同？

2. 如何理解周作人的"真是古今少有的书"？

第六章 故事如何新编

---- 导读 ----

《呐喊》《彷徨》之后,鲁迅虽然把更多的精力用于写杂文和散文,但并非没有小说创作,《故事新编》正是他断断续续花了十三年创作而成的历史小说集。鲁迅从来不是拘泥于文献材料的作家,那在这本书中,故事究竟怎样新编?

第六章 故事如何新编

《故事新编》一共八篇，第一篇《补天》写于1922年11月，最后一篇《起死》写于1935年12月，最后于1936年1月结集出版，前后长达十三年之久，成为鲁迅创作时间跨度最大的一个作品集。《补天》原题为《不周山》，最早收录于《呐喊》第一版。因成仿吾在对《呐喊》的评论中极力贬低其他作品，独独把该篇称为杰作，鲁迅干脆把《不周山》从《呐喊》中抽出，视之为自己的"油滑"之作。其实，鲁迅并没有打算把之打入"冷宫"，而是断断续续写了七篇类似《不周山》的作品，最后结为风格相对一致的《故事新编》。其实，身为创造社成员的成仿吾并没看错，《不周山》这类小说的确是鲁迅作品中独特的富有创造力之作。

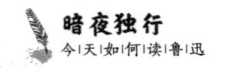

从"油滑"开始

1922年的冬天,鲁迅开始创作《不周山》。此前的十几篇作品都是取用现代题材,这一回鲁迅打算从古代历史传说中寻找素材展开创作。鲁迅对中国古代小说史颇有研究,素材选择不是难题。他的第一篇从"女娲补天"神话开始入手,而且很认真地融入弗洛伊德的学识,试图阐释人与文学的起源。在写作的过程中,鲁迅恰好看见东南大学学生胡梦华对青年诗人汪静之的批评,前者认为后者诗集《蕙的风》堕落轻薄不道德,并含泪哀求青年不要再做这样的文字。鲁迅向来反感这样的道学态度,写了一篇《反对"含泪"的批评家》予以痛击,"当再写小说时,就无论如何,止不住有一个古衣冠的小丈夫,在女娲的两腿之间出现了"[①]。鲁迅对自己的做法很不满,认为这是从"认真"陷入"油滑"的开端,而"油滑"是创作的大敌。所以,他决计不再做这样的文字,把

---

① 鲁迅.《故事新编》序言 // 鲁迅全集:第2卷.北京:人民文学出版社,2005:353.

它放在《呐喊》第一版的末尾,"算是一个开始,也就是一个收场"①。

《呐喊》出版没半年,创造社批评家成仿吾发表了《〈呐喊〉的评论》一文,认为《狂人日记》《孔乙己》《药》《阿Q正传》《一件小事》等都是要么庸俗、要么拙劣的作品,《不周山》是全集中最好的作品,"虽然也还有不能令人满足的地方",却是作者"要进而入纯文艺的宫廷"的杰作。这种完全依据自己的美学立场将对方几乎乱棍打死的批评令鲁迅不满,用鲁迅自己的说法,"于是当《呐喊》印行第二版时,即将这一篇删除;向这位'魂灵'回敬了当头一棒——我的集子里,只剩着'庸俗'在跋扈了"②。

成仿吾《〈呐喊〉的评论》片段

前期的作品之中,《狂人日记》很平凡;《阿Q正传》的描写虽佳,而结构极坏;《孔乙己》《药》《明天》皆未免庸俗;《一件小事》是一篇拙劣的随笔;《头发的故事》亦是随笔体;惟《风波》与《故乡》实不可多得的作品。

---

① 鲁迅.《故事新编》序言 // 鲁迅全集:第2卷.北京:人民文学出版社,2005:353.

② 同① 354.

……………

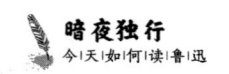

作者前期中的《孔乙己》《药》《明天》等作，都是劳而无功的作品，与一般庸俗之徒无异。这样的作品便再凑千百篇拢来，也暗示全部不出。

……………

无论如何，我们的作者由他那想表现自我的努力，与我们接近了。他是复活了，而且充满了更新的生命。在这一点，《端午节》这篇小说对于我们的作者实在有重大的意义，欣赏这篇作品的人，也不可忘记了这一点。

……………

《不周山》又是全集中极可注意的一篇作品。作者由这一篇可谓表示了他平生拘守着写实的门户，他要进而入纯文艺的宫廷。这种有意识的转变，是我为作者最欣喜的一件事，这篇虽然也还有不能令人满足的地方，总是全集中第一篇杰作。

但如果我们理顺其中的时间关系会发现，鲁迅的描述其实有自相矛盾之处。鲁迅《呐喊》的第一版在1923年8月推出，按他自己的说法，《不周山》这样的小说是第一篇也是最后一篇。成仿吾的文章发表于1924年2月，而鲁迅所谓的《呐喊》

第六章
故事如何新编

第二版面世实际上已到1930年1月，此前已经印行了十二次。也就是说，成仿吾的文章发表后，鲁迅并没有立即从中抽出《不周山》，而是让其在《呐喊》中静静地躺了将近六年，六年间又印了十一次。也就是说，鲁迅对成仿吾文章的反感肯定是真的，但究竟是不是因他的话而把《不周山》抽出，可以存疑。尤其关键的是，鲁迅声称不再写类似《不周山》这样的作品，而实际上《铸剑》写于1926年10月，《奔月》写于1926年12月。也就是说，他并没有因为自己所认为的"油滑"而停止类似《不周山》这样的作品的创作。那么，鲁迅到底因为什么要在1930年1月那版的《呐喊》中把《不周山》去除？我认为，成仿吾的批评可能让鲁迅无法释怀，这是一个因素。但更为重要的，是《不周山》在《呐喊》的整体风格中的确显得异类，当鲁迅已经有了三篇同类风格的作品后，他终于下定决心要创作一批类似的小说，重结一个新的集子。也就是说，所谓风格"油滑"，不过是鲁迅的自谦，如果他真的觉得这样的写法不妥，不会坚持将"油滑"进行到底，甚至出一本整体"油滑"的《故事新编》。

油滑，我们通常的理解应该是为幽默而幽默，当把这硬塞进去的幽默去除时，并不破坏文章的整体感。鲁迅反感胡梦华的道德批评，所以设计了一个头顶长方板、满嘴道学言辞的文士，也即所谓"古衣冠的小丈夫"，站在女娲的两腿间。

其一，鲁迅这种设计不是为了追求幽默的效果，而是借小说对他所反对的社会现象或反感的人事进行讽刺。如果这算油滑的话，那鲁迅很多作品都可以归入此列。上章所论《朝花夕拾》中就俯拾皆是。《故事新编》里，鲁迅在《奔月》中用逢蒙讽刺背叛老师的高长虹，在《理水》中用鸟头先生讽刺顾颉刚；《采薇》中，小丙君讽刺村民不懂文学概论，批评伯夷、叔齐不肯"为艺术而艺术"；《铸剑》相对严肃，也不忘用"很有点不喜欢红鼻子的人"讽刺一下顾颉刚；《非攻》中，墨子帮宋国解决了战争危机，却在宋国境内遇到了募捐救国队，被募去了破包袱，影射当时国民政府的各类募捐活动。这其实是鲁迅常用的"杂文笔法"，肯定也是他自以为傲的。

其二，如果把"古衣冠的小丈夫"这一细节去掉，即便不破坏全文的整体感，小说的讽刺力度也会弱很多。女娲在百无聊赖中创造了人类，一开始是认真地用手揉捏而成，后来恶作剧般用紫藤挥洒泥水做了不少。经她手做出的人类互相征战，最后共工怒触不周山，折天柱，绝地维。女娲看着这些原本"可爱的宝贝"内讧好斗，且满口说着她完全不懂的之乎者也，既愤怒又无奈，但还是决定把天修补起来再说。在补天的过程中，那个"古衣冠的小丈夫"批评自己的创造者女娲裸体失德。女娲补天后死去，而人类变得更为不堪，打着女娲的旗号继续着更为荒唐的行为。创造者最终被她所创造的人类拖累、背叛和利用。如果我们把"古衣冠的小丈夫"这一设计去掉,人类堕落的种种表现就会失去重要一环,从而影响小说的完整表达。

暗夜独行
今|天|如|何|读|鲁|迅

无非"《不周山》"

鲁迅在《故事新编》的序言里，感叹这本书前后写了十三年但并无长进，"看起来真也是'无非《不周山》之流'"。作者在"无非《不周山》之流"处加了引号，自然是话有出处。据后来学者考证，此话出自郑振铎。[①]鲁迅的回应暗含两层意思：一是承认《故事新编》中的其他作品的确是沿着《不周山》的路数创作下来；二是不满郑振铎语气中的不屑。鲁迅不是一个轻易下笔的人，比如其在晚年曾打算写一部关于红军的长篇小说，但由于不熟悉红军及其战斗的实际情况，最终放弃。就

[①] 由山东大学中文系所组织编印的内部资料《鲁迅〈故事新编〉》，收录了巴金1976年9月29日的信函，其中提到："'无非《不周山》之流'是郑振铎同志说的。记得是黎烈文遇见郑振铎，他们谈到《文学丛刊》预告中鲁迅先生的新短篇集《故事新编》，郑就说了一句：'无非《不周山》之流。'黎烈文对我们讲了，黄源就告诉了鲁迅先生，先生马上在'序言'里回答了郑。"在同年10月13日的信中，黄源证实了这一点。(《鲁迅〈故事新编〉》，供内部学习参考，山东省《鲁迅〈故事新编〉》注释组编写，山东大学中文系印行，1976年。)

第六章
故事如何新编

《故事新编》中的八篇来看，绝不是随意写成，而是有统一思路和整体计划的。早在1926年寄居厦门时期，鲁迅就有了"预备足成八则《故事新编》"的打算；就最后的成书来看，也刚好是八篇。有意思的是，鲁迅各文集的编选，前后顺序均以创作时间来定，但《故事新编》中，第二篇创作的《铸剑》（最初发表时名为《眉间尺》）放在文集的第五，第三篇创作的《奔月》放在第二，第四篇创作的《非攻》放在第七，第五篇创作的《理水》放在第三；《采薇》《出关》《起死》均创作于1935年12月，分别放在第四、第六和第八。小说什么时候创作，自然要根据手头材料的多寡和状态的有无来定；结集时各篇如何排列，则有整体的考量。《故事新编》诸篇的排序是依据小说中故事发生的传说和历史时间的先后，涉及了诸多从远古神话到战国时期重要的政治、思想和文化人物。可以说，这是鲁迅对中国历史文化一次有意的清理，虽然用的是文学甚至不乏戏谑的方式。所以，尽管是"无非《不周山》之流"，但这流向不是盲目的，而是有清晰的目标和明确的指向。

《补天》取材自中国的创世神话，其中自然有鲁迅所说以弗洛伊德学说解释人和文学起源的主旨。小说的后半段则重在呈现创世之后人类精神随着文明的精致化反而退化，人变得好斗而少勇、重欲而善伪饰。用学者郜元宝的话说，这是"历史退化论"的表现："人的历史揭幕，这似乎是一种进化，但人的历史一开始就是堕落、退化和衰亡，进化的另一面就是退化。"[1]其实，鲁迅终生笃信的还是进化论，但他的痛苦恰恰在于所目睹的往往竟是退化。后羿是传说中的射日英雄，为老百姓消除了十日之苦和封豕长蛇之害，《奔月》的故事则是从这一切都结束了以后开始。后羿和嫦娥是一对平凡夫妻，后羿虽然还保有当年的神勇，但在没有猎物可打的时代，他除了偶尔回顾过去的光荣，就是每天要为妻子四处寻找吃的。当年的射日英雄，如今过着妻子埋怨、学生背叛甚至被乡间老太太责骂的生活。最终，嫦娥受不了成天吃乌鸦肉炸酱面的生活，偷吃仙丹飞向了月宫。英雄没落，群氓蜂起，后羿最终堕入了女娲的命运。

　　《补天》《奔月》中，故事的主体还是聚焦在女娲、后羿身上。而《理水》中，大禹到全文四分之三处才出现，小说的绝大部分都是呈现文化山上学者们的拙劣表演和众多官员的尸位素餐。大禹的戏份非常少，而且大多数时候都是"一声也不响"，但就是这个少言寡语、老农般的官员，治理了洪水，令朝政清明。鲁迅在大禹的实干与其他官员学者的虚文之间画上了一道清晰的分界线。这三篇大致可以划为一个类别，女娲、后羿、大禹都是远古神话和传说时代的英雄。

---

[1] 郜元宝.鲁迅精讲.上海：复旦大学出版社，2005：72.

在鲁迅笔下，英雄仍然是英雄，但在他们的生前或身后，他们要么被批评和利用，要么被背叛和矮化，要么被中伤和围观。鲁迅曾在杂文《未有天才之前》中感叹："在要求天才的产生之前，应该先要求可以使天才生长的民众。"[1]应该说，这种感叹与上述作品中对英雄所生活的环境和土壤的失望是一致的。

《采薇》《出关》《非攻》《起死》可以放在一个系列进行观照，《采薇》中的伯夷、叔齐是儒家文化素来所尊崇的人物，《出关》中的老子、《起死》中的庄子是道家思想的代表，《非攻》中的墨翟是墨家学派的领袖。这四篇渗入了鲁迅对中国传统思想文化的深入思考。伯夷、叔齐是商朝末年孤竹君的两位公子，均因不肯受王位躲往周国；周武王伐纣，两人扣马谏阻；商灭之后，兄弟俩耻食周粟，隐居首阳山靠采食野草为生，最后饿死。《采薇》的核心故事基本依此而来，但在鲁迅字里行间的叙述中，伯夷变成一个好名无能的草包，叔齐似有节气，却迂腐固执，当听到别人说他们吃的野菜也是周王的时，连野菜也不吃了，最后饿死在山洞里。《出关》中，作者扯下了历史上老子清静无为的假面，认为老子的出关是为了

---

[1] 鲁迅.坟·未有天才之前//鲁迅全集：第1卷.北京：人民文学出版社，2005：174.

躲避孔子的迫害，他留下《道德经》五千言给关尹喜是为出关而敷衍。鲁迅解释过该篇的由来，是为了批评老子"'无为而无不为'的一事不做，徒作大言的空谈家"，"我同意于关尹子的嘲笑：他是连老婆也娶不成的。于是加以漫画化，送他出了关，毫无爱惜……"①《起死》中，鲁迅继续讽刺道家思想的空洞和矫饰：庄子自以为好意地复活了一具五百多年前的骷髅，这个复活后的乡下大汉扯住庄子要自己的包裹和伞，最后庄子只能靠巡士的力量为自己解困。极为讽刺的是，主张"方生方死、方死方生"的庄子非要假作善心复活骷髅，而且自己"能说不能行"，只能借助司命的力量，正如他最后的解困也是借助巡士的力量。如果说《出关》聚焦的是老子"无可无不可"之空，那《起死》批评的则是庄子的"无是非"和"能说不能行"之空。鲁迅批评了儒家的迂、道家的空，唯有墨家的实是他所赞扬的。《非攻》中，墨子既是正义者，也是实干家。他坚守战争是非正义的是非观，主动为宋国的安危奔走楚国；他能言也能行，一方面设法面见楚王说服其停止兵戈，另一方面也安排学生做好战争准备，"不要只望着口舌的成功"。鲁迅从来不反对爱国，他反对的是空洞的爱国，正如小说中墨翟对自己学生曹公子以死鼓舞民气的讲演不以为然，

---

① 鲁迅.且介亭杂文末篇·《出关》的"关"//鲁迅全集：第6卷.北京：人民文学出版社，2005：540.

第六章
故事如何新编

"你去告诉他：不要弄玄虚；死并不坏，也很难，但要死得于民有利！"在《非攻》完成后的一个多月，鲁迅在另一篇文章《中国人失掉自信力了吗》中深情地写道："我们自古以来，就有埋头苦干的人，有拼命硬干的人，有为民请命的人，有舍身求法的人……虽是等于为帝王将相作家谱的所谓'正史'，也往往掩不住他们的光耀，这就是中国的脊梁。"[①]《理水》中的大禹，《非攻》中的墨翟，都可以列入鲁迅所列举的中国脊梁的谱系。

就主人公的身份而言，《铸剑》与其他七则不同，眉间尺与黑色人既不是神话传说中的英雄，也不是思想文化史上的名人，前者是为父报仇的少年，后者是挺身而出的义士，他们都是不为"正史"所载的普通人。小说的核心事件也不是造人补天、救民于水火或谈论生死等历史文化大事，而是复仇。眉间尺的父亲为国王铸剑，却为王所杀。鲁迅没有让眉间尺去考虑哈姆雷特的"生存还是死亡"的哲学问题，而是让其头也不回地踏上复仇之路。当黑色人要借眉间尺的剑和头帮他复仇时，眉间尺毫不犹豫——"眉间尺便举手向肩头抽取青色的剑，顺手从后项窝向前一削，头颅坠在地面的青苔上，一面将剑交给黑色人。"

---

① 鲁迅.且介亭杂文末篇·中国人失掉自信力了吗 // 鲁迅全集：第6卷.北京：人民文学出版社，2005：122.

小说《铸剑》插图

黑色人是奇人，他主动为眉间尺复仇，却不接受"义士"的称呼；当看到眉间尺与国王的头在金鼎中死战不决时，他毅然把自己的头割入鼎中，上演了一出三头大战的奇观。

【经典品读】

《铸剑》中的三头大战

他的头一入水，即刻直奔王头，一口咬住了王的鼻子，几乎要咬下来。王忍不住叫一声"阿唷"，将嘴一张，眉间尺的头就乘机挣脱了，一转脸倒将王的下巴下死

> 劲咬住。他们不但都不放,还用全力上下一撕,撕得王头再也合不上嘴。于是他们就如饿鸡啄米一般,一顿乱咬,咬得王头眼歪鼻塌,满脸鳞伤。先前还会在鼎里面四处乱滚,后来只能躺着呻吟,到底是一声不响,只有出气,没有进气了。
>
> 黑色人和眉间尺的头也慢慢地住了嘴,离开王头,沿鼎壁游了一匝,看他可是装死还是真死。待到知道了王头确已断气,便四目相视,微微一笑,随即合上眼睛,仰面向天,沉到水底里去了。

鲁迅在给徐懋庸的一封信中提到过该小说的成篇:"《铸剑》的出典,现在完全忘记了,只记得原文大约二三百字,我是只给铺排,没有改动的。也许是见于唐宋类书或地理志上(那里的'三王冢'条下),不过简直没法查。"[①]所谓"只给铺排,没有改动",一是指故事的核心情节和人物没变,二是指故事的核心主题"复仇"没走样。《补天》中,由女娲造人补天而变为庸人争斗;《奔月》中,重点不在嫦娥如何奔月,而在后羿如何落寞;《采薇》中,义士的守节变成腐儒的

---

① 鲁迅.1936年2月17日致徐懋庸信//鲁迅全集:第14卷.北京:人民文学出版社,2005:30.

闹剧；《出关》与《起死》中，道家的无为倒成老庄的无能；等等。《铸剑》的复仇内核则没有改动，三头大战的奇异场景都是作者添加的华彩。但从二三百字到一万多字的铺排并非易事，鲁迅对复仇故事的浓墨重彩值得关注。我们通常把鲁迅去世前一个月写的《死》中的七条看作他的遗嘱，最后一条是："损着别人的牙眼，却反对报复，主张宽容的人，万勿和他接近。"[1]而差不多同时期他还写了一篇奇文《女吊》，开篇便是王思任的名句："会稽乃报仇雪耻之乡，非藏垢纳污之地"[2]。鲁迅自然不是主张睚眦必报，但也反感无原则的宽容。更重要的，复仇只是一个象征，他看重的是黑色人身上重义轻利、言出必行的品格。这是鲁迅从民间故事中所发掘的中国人身上的文化因子。

---

[1] 鲁迅.且介亭杂文末编·死//鲁迅全集：第6卷.北京：人民文学出版社，2005：635.

[2] 同[1] 637.

"创造"的鲁迅与鲁迅的"创造"

前面提到，创造社批评家成仿吾的一篇《〈呐喊〉的评论》让鲁迅很是不满，因而把《不周山》从《呐喊》中抽出，在某种程度上促成了《故事新编》的诞生。我们也分析了鲁迅抽出《不周山》的做法并非完全因为成仿吾，而是也因其原本有按《不周山》的体例写一系列作品的计划。不管怎样，成仿吾对《呐喊》的整体否定触怒了鲁迅，以至于强化了成仿吾与《不周山》命运的因果关系。成仿吾之所以对《呐喊》持几乎全面性的否定，主要还是基于他的文学立场。他把集中的小说分为两部分：《狂人日记》《孔乙己》《药》《明天》《一件小事》《头发的故事》《风波》《故乡》《阿Q正传》九篇是"再现的"，或者说"自然主义的"；《端午节》《白光》《兔和猫》《鸭的喜剧》《社戏》是"表现的"。成仿吾主张"表现的"文学，认为"再现的"文学已经过时，所以前九篇写得再好也价值不大。后五篇中，《端午节》不错，是因为和成仿吾几个朋友表现的方法相同；《白光》很像成仿吾朋友郁达夫的《银灰色的死》，但表现实在不足和薄弱；《兔和猫》《鸭的喜剧》《社戏》不大像小说。只有《不周山》是要从写实走向纯文艺的宫殿，是全集中第一篇杰作。

我们自然不认同"表现的"就比"再现的"高级这一论点，也不认可文中诸多"浅薄""庸俗""拙劣"等字眼。但平心静气来看，这篇《〈呐喊〉的评论》也并非一无亮点。首先，成仿吾承认《呐喊》是"消沉到极处"的文坛的一声"宏亮的呐喊"，他之所以不和大家一起说赞词，是因为批评家的责任不在此。同时，把《不周山》看作全集中第一篇杰作，自然过于武断，但他看出了这篇小说与其他十四篇迥然相异的艺术表现，说明他自有不俗的艺术眼光。如果鲁迅完全不认可成仿吾对《不周山》的判断，其做法不应该是仅仅将它从《呐喊》中抽出，而是判下"死刑"，"永不叙用"，也就不会继续写下"无非《不周山》之流"的其他七篇。应该说，创造社主将眼中的鲁迅还是显示了鲁迅在艺术上的"创造"之处，虽然使用的是"赞其一点，不及其余"的做法。具体说来，《故事新编》的艺术性体现在以下几点。

首先是在题材上的古为今用。鲁迅在《故事新编》的序言中强调他所认为的历史小说，是"博考文献，言必有据"，"纵使有人讥为'教授小说'"。但这话是在针对成仿吾批评他的写实风格作品"庸俗"的语境下所说，有意强调自己不薄

第六章 故事如何新编

"庸俗",也自甘"庸俗"。也就是说,你成仿吾认为《不周山》好,大概是因为它不拘泥于史实,"只取一点因由,随意点染,铺成一篇",我恰恰认为这很容易,难的倒是"博考文献,言必有据"[①]。其实,鲁迅从来都不是被材料所裹挟的写作者,纵观《故事新编》,他的笔都是往来古今,随意点染,既可以用古人之杯浇胸中块垒,也常常在历史人物身体里装入现代人的灵魂。如前所述,就集中各篇的故事时间来看,这是鲁迅对中国历史文化一次有意的清理。但鲁迅并不是真正否定儒道学说的价值,而是在他看来,今人常常穿着古人的衣冠妨碍现代文化的发展。鲁迅在这些历史小说中所做的,便是揭开这些被今人利用的圣贤的假面,还原出他们作为普通人的软弱、糊涂、迂腐甚至卑怯。尤其是被孔子称为"古之贤人"的伯夷、叔齐,鲁迅在《采薇》中处处呈现伯夷之软和叔齐之迂,至少没有触及他们品格上的高洁。但在小说的最后,通过阿金姐的一番话彻底把这一假面揭开:老天爷可怜他们兄弟俩,特意派了只母鹿用奶去喂养他们,结果叔齐在心里琢磨着"这鹿有这么胖,杀它来吃,味道一定是不坏的"。就在他去拿石片动手的那一刻,通灵的鹿跑了。老天讨厌他们的贪嘴,叫母鹿

---

① 鲁迅.故事新编·序言//鲁迅全集:第2卷.北京:人民文学出版社,2005:354.

从此不要去。于是，他们就饿死在首阳山上。当然，你绝对不要把《采薇》中的伯夷、叔齐与历史上的人物画等号，鲁迅只是在伯夷、叔齐的身体中注入了那些求名而实贪、迂腐不能行的现代知识分子的灵魂。正如他在介绍芥川龙之介时的说法："他想从含在这些材料里的古人的生活当中，寻出与自己的心情能够贴切的触著的或物，因此那些古代的故事经他改作之后，都注进新的生命去，便与现代人生出干系来了。"①这何尝不能看作鲁迅写作《故事新编》时的夫子自道。

其次是在风格上的庄谐结合。鲁迅是一个有幽默感的作家。幽默是骨子里的气质，有人提倡了半辈子幽默，可是文章一点也不幽默。鲁迅的幽默不是提倡出来的，也不是硬挤出来的，而是会时时闪现在作品的字里行间。比如在《采薇》中用烙饼来指代时间刻度："约有烙三百五十二张大饼的工夫，这才见别有许多兵丁，肩着九旒云罕旗，仿佛五色云一样""大约过了烙好一百零三四张大饼的工夫，现状并无变化，看客也渐渐的走散"。《铸剑》里，烙饼变成了煮小米："这样地经过了煮熟一锅小米的时光，眉间尺早已焦躁得浑身发火，看的人却仍不见减，还是津津有味似的""约略费去了煮熟三锅小

---

① 鲁迅.译文序跋集·《现代日本小说集》附录　关于作者的说明 // 鲁迅全集：第10卷.北京：人民文学出版社，2005：243.

第六章
故事如何新编

米的工夫，总算得到一种结果，是：到大厨房去调集了铁丝勺子，命武士协力捞起来"。鲁迅不是一个只关心温饱的人，但他从来不信那些说到钱字唯恐脏了自己嘴巴的人："钱这个字很难听，或者要被高尚的君子们所非笑，但我总觉得人们的议论是不但昨天和今天，即使饭前和饭后，也往往有些差别。凡承认饭需钱买，而以说钱为卑鄙者，倘能按一按他的胃，那里面怕总还有鱼肉没有消化完，须得饿他一天之后，再来听他发议论。"[1]鲁迅是借烙饼或煮小米讽刺那些嘴里仁义道德、心里时时盘算温饱的所谓"君子"。但鲁迅并非诙谐到底，他是该幽默的时候幽默，该严肃的时候也严肃无比，否则就真要陷入所谓的"油滑"中去了。比如，《非攻》就是一篇相当严肃的小说，虽然文章的结尾写到墨子在宋国被募去了包袱，但在墨子说楚救宋的整个过程中，作者无一调侃语。同样，大禹出现的场景、黑色人复仇的段落，鲁迅都是倾注了心力予以庄严刻画的。

再次是在叙事上的张弛有度。《故事新编》全集八篇，其中一篇写于1934年8月，一篇写于1935年11月，三篇写于1935年12月，可以说这已经是鲁迅生命的最后时期。钱理群认为，

---

[1] 鲁迅．坟·娜拉走后怎样//鲁迅全集：第1卷．北京：人民文学出版社，2005：167-168．

暗夜独行
今|天|如|何|读|鲁|迅

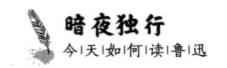

"面临死亡的威胁，处于内外交困、身心交瘁之中，《故事新编》的总体风格却显示出从未有过的从容、充裕、幽默和洒脱"[1]。这种从容自然也包括叙事上的控制力。《理水》中，主人公大禹出场的部分集中在小说最后的四分之一，但如果没有前面四分之三的从容铺排，如文化山学者的务虚、大小官员的荒政、禹太太的闹场等，就没有大禹出场的庄严、紧张和有序。《铸剑》有四节，核心情节分别是立誓复仇、献头相托、三头大战、同棺落葬。立誓复仇是故事起因，母亲"失望的轻轻的长叹"也为眉间尺无法靠自己的力量复仇埋下了伏笔。献头相托是故事突起，黑色人的出现使故事发生突变，他承接了复仇的任务，对着眉间尺"那热的死掉的嘴唇，接吻两次"，为下一节奇异的复仇场景做出预示。三头大战是故事高潮，所有的铺垫都是为了此刻的奇观，冷与热、爱与仇在此被推向顶点。在经历了逐步紧张的叙事之后，故事突然松弛下来，王后、王妃、武士、老臣、侏儒、太监上演了一场三头合葬的闹剧，复仇的严肃似乎又被消解，归于"被看"的荒诞。全书最紧张的描写当属《非攻》中的墨子与公输般木片对战。

---

[1] 钱理群.走进当代的鲁迅.北京：北京大学出版社，1999：136.

第六章 故事如何新编

【经典品读】

《非攻》中的墨子与公输般木片对战

于是他们俩各各拿着木片,像下棋一般,开始斗起来了,攻的木片一进,守的就一架,这边一退,那边就一招。不过楚王和侍臣,却一点也看不懂。

只见这样的一进一退,一共有九回,大约是攻守各换了九种的花样。这之后,公输般歇手了。墨子就把皮带的弧形改向了自己,好像这回是由他来进攻。也还是一进一退的支架着,然而到第三回,墨子的木片就进了皮带的弧线里面了。

楚王和侍臣虽然莫名其妙,但看见公输般首先放下木片,脸上露出扫兴的神色,就知道他攻守两面,全都失败了。

楚王也觉得有些扫兴。

"我知道怎么赢你的,"停了一会,公输般讪讪的说。"但是我不说。"

"我也知道你怎么赢我的,"墨子却镇静的说。"但是我不说。"

"你们说的是些什么呀?"楚王惊讶着问道。

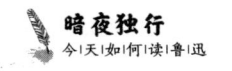

> "公输子的意思,"墨子旋转身去,回答道,"不过想杀掉我,以为杀掉我,宋就没有人守,可以攻了。然而我的学生禽滑釐等三百人,已经拿了我的守御的器械,在宋城上,等候着楚国来的敌人。就是杀掉我,也还是攻不下的!"
>
> "真好法子!"楚王感动的说。"那么,我也就不去攻宋罢。"

一场国与国的大战消弭在两人的木片之斗中,似乎平淡而无聊,墨子后面的几句话却道出了其中的惊心动魄,这实在是一场斗智斗勇、斗心斗力的经典之战,其紧张程度不亚于任何一场文学中的大战。

鲁迅生命的最后十年常常被质疑过于专注于写杂文、打笔战,甚至有人认为他根本就是丧失了文学的创造力。其杂文的价值我们下章自会论说,就《故事新编》而言,也是对上述观点的回击。鲁迅用《呐喊》《彷徨》为中国现代小说确立了一个高峰,又用《故事新编》为后来的小说发展提供了一种可能,所以才会有学者得出结论:"(《故事新编》)对在《呐喊》、《彷徨》为他自己与中国现代小说所建立的规范,进行新的冲击,寻找新的突破。在这个意义上,可以把鲁迅的《故事新编》看作是一部'试验性'的作品。"[1]

【我来品说】

> 1. 鲁迅的《故事新编》是不是如他自己所说，流于"油滑"？
> 2. 与此前的小说相比，鲁迅在《故事新编》中的创造体现在哪些方面？

---

[1] 钱理群，温儒敏，吴福辉.中国现代文学三十年（修订本）.北京：北京大学出版社，1998：298.

第七章 寸铁杀人的杂文写作

> **导读**
>
> 杂文是鲁迅创作数量最大、坚持时间最久、刻上印记最深的一种文体。都说鲁迅的杂文像匕首、如投枪,而且寸铁可以杀人,那鲁迅究竟在其中倾注了怎样的心力,达到了怎样的效果?

第七章
寸铁杀人的杂文写作

鲁迅说他写杂文就像"在深夜的街头摆着一个地摊,所有的无非几个小钉,几个瓦碟"①,这大概是对他"暗夜独行"形象最生动的描述。如果从1918年在《新青年》发表"随感录"算起,到生命终结前十天所写《因太炎先生想起的二三事》,鲁迅写了整整十八年的杂文。可以说,这十八年的杂文写作,凝结的是一个思想战士的心史,也让我们看到鲁迅是如何从"人之子"成长为"人之父"。都说鲁迅的杂文是"寸铁杀人",也有人认为其杂文像匕首、像投枪。其实,鲁迅从来都是既"杀人"也"自剖",投枪投向敌人,匕首解剖自己。

---

① 鲁迅.且介亭杂文·序言//鲁迅全集:第6卷.北京:人民文学出版社,2005:4.

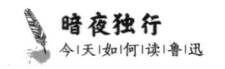

杂文是鲁迅的心史

鲁迅谈起他怎么做起小说来，说并非因为自己有做小说的才能，"只因为那时是住在北京的会馆里的，要做论文罢，没有参考书，要翻译罢，没有底本，就只好做一点小说模样的东西塞责，这就是《狂人日记》"①。话肯定是带着几分谦虚，但至少说明他并不是一开始就立志靠小说来进入文坛的。事实证明，他并不是那么热衷于写小说，终其一生，也不过三本短篇小说集。就在《狂人日记》发表四个月后，也就是在1918年9月的《新青年》第五卷第三号上，鲁迅发表了《随感录二十五》。"随感录"栏目原本由陈独秀于《新青年》第四卷第四号首创，希图用一种更自由简洁的方式对社会问题进行直接的反应。陶孟和、刘半农、钱玄同、周作人都在上面发表过作品。但仿佛只有鲁迅找到一种让自己最为舒适的表达方式，在总共133则"随感录"中，他占据了27则，仅次于开创者陈独

---

① 鲁迅.南腔北调集·我怎么做起小说来//鲁迅全集：第4卷.北京：人民文学出版社，2005：526.

第七章 寸铁杀人的杂文写作

秀。而且鲁迅对其他人的创作造成了挤压式影响,也就是说,随感录虽不由鲁迅首创,也不是他写得最多,但影响力最大、仿佛说到随感录最先想到的就是鲁迅。

从随感开始,是鲁迅持续近半生的杂文写作。他在《且介亭杂文二集·后记》中写道:"我从在《新青年》上写'随感录'起,到写这集子里的最末一篇为止,共历十八年,单是杂感,约有八十万字。后九年中的所写,比前九年多两倍;而这后九年中,近三年所写的字数,等于前六年。"[1]写作该文是在1935年。在鲁迅此后生命中的最后一年,他还编订了一本杂文集《且介亭杂文末编》。当然,各人的算法不同,有说鲁迅一生创作了杂文950余篇,也有说800来篇、150余万字。但无论如何,杂文都成为鲁迅创作时间最长、创作数量最大,甚至影响力最大的文体。虽说鲁迅被视为中国现代小说的开创者和最高峰,但毕竟有源源不断同样出色的小说家出现,所以鲁迅无法成为小说的代名词。而鲁迅几乎成为杂文的代名词,以至于形成了名为"鲁迅风"的杂文流派。

---

[1] 鲁迅.且介亭杂文二集·后记//鲁迅全集:第6卷.北京:人民文学出版社,2005:466.

鲁迅风

> 《鲁迅风》是上海"孤岛时期"(1937—1941年)的杂文刊物,由王任叔、金性尧等创办和编辑,强调继承鲁迅精神和鲁迅杂文。后来,"鲁迅风"也用以代称鲁迅式的战斗杂文,成为中国现代杂文的主流。正如巴人在《鲁迅风》发刊词中所说:"生在斗争时代,是无法逃避斗争的。探取鲁迅先生使用的武器的秘密,使用我们可能使用的武器,袭击当前的大敌;说我们这刊物有些'用意',那便是唯一的'用意'了。"

现在来看,我们当然承认鲁迅杂文之于社会发展和文化进步的意义,当然也包括文学形式上的价值。但在鲁迅生前就存在不少对此的非议,认为他太把时间耗在杂文上,其实也就是与人的争论上,以至于影响了自己的文学创作。在很多人看来,杂文并非创作。瞿秋白在《鲁迅杂感选集》序言中就提到这些:"鲁迅在最近十五年来,断断续续的写过许多论文和杂感,尤其是杂感来得多。于是有人给他起了一个绰号,叫做'杂感专家'。'专'在'杂'里者,显然含有鄙视的意思。"[1] "杂感专家"自然不是善意的称谓,鲁迅对此也始终耿

---

[1] 瞿秋白.鲁迅杂感选集·序言//多余的话.北京:中国友谊出版公司,2014:134.

第七章
寸铁杀人的杂文写作

耿于怀。既然如此,那他为什么还如此执着于杂文的写作?

鲁迅曾经专门撰文讨论小品文的危机。他认为,小品文在唐末诗风衰落之际大放光辉,正是因为它"没有忘记天下",是"一榻(塌)胡涂的泥塘里的光彩和锋铓(芒)";明末的小品文虽然颓放,其中也"有不平,有讽刺,有攻击,有破坏"。到了"五四"运动时期,散文小品的成功"几乎在小说戏曲和诗歌之上",是因为其中包含着"挣扎和战斗";当然,也有"带一点幽默和雍容""也有漂亮和缜密的",这要么是受外国文学影响,要么是为了证明文言文能做到的,白话文同样能做到。按说此后小品文的发展应该更注重"挣扎和战斗"——这毕竟是萌芽于"文学革命"和"思想革命"——但如今反而愈发雍容、漂亮、缜密而成为"小摆设"。鲁迅说,这就是小品文危机的原因:"何况在风沙扑面,虎狼成群的时候,谁还有这许多闲工夫,来赏玩琥珀扇坠,翡翠戒指呢。他们即使要悦目,所要的也是耸立于风沙中的大建筑,要坚固而伟大,不必怎样精;即使要满意,所要的也是匕首和投枪,要锋利而切实,用不着什么雅。"①

在鲁迅看来,在风沙扑面、虎狼成群的年代,小品文的出路就是杂文,而杂文的特征就是"挣扎和战斗"。因此,我

---

① 鲁迅.南腔北调集·小品文的危机//鲁迅全集:第4卷.北京:人民文学出版社,2005:591-592.

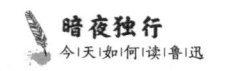

们也看出了鲁迅一生都在勤恳写作杂文的真正原因——杂文是他与时代抗争的武器。鲁迅所生活的时代，政府无能、社会动荡、战乱频繁、百姓困苦。有人潜心于鸿篇巨制，潜心于设计未来的文化，自然是好；但在鲁迅本身，失掉了现在，还谈什么未来，所以杂文的好处是"在对于有害的事物，立刻给以反响或抗争，是感应的神经，是攻守的手足"①。如果在一个安定祥和的社会环境中，鲁迅也许愿意潜心于纯文学创作，或者躲在实验室里进行学术研究，潜心于鸿篇巨制；但恰恰他生活在一个风沙扑面的动荡时代，他只能选择做一名思想战士。这就是鲁迅所谓"要做这样的东西的时候，恐怕也还要做这样的东西"，既然无法回避，那就乐看飞沙扑面："还是站在沙漠上，看看飞沙走石，乐则大笑，悲则大叫，愤则大骂，即使被沙砾打得遍身粗糙，头破血流，而时时抚摩自己的凝血，觉得若有花纹，也未必不及跟着中国的文士们去陪莎士比亚吃黄油面包之有趣。"②

学者李长之认为鲁迅够不上一位思想家，而是一名思想战士。够不够得上思想家，我们另说。必须承认，他对鲁迅

---

① 鲁迅.且介亭杂文·序言//鲁迅全集：第6卷.北京：人民文学出版社，2005：3.

② 鲁迅.华盖集·题记//鲁迅全集：第3卷.北京：人民文学出版社，2005：4.

第七章
寸铁杀人的杂文写作

是思想战士的判断无疑是准确的。在思想战士鲁迅那里，杂文是最好的战斗武器。用瞿秋白的话说，"鲁迅的杂感其实是一种'社会论文'——战斗的'阜利通'（feuilleton）。谁要是想一想这将近二十年的情形，他就可以懂得这种文体发生的原因"[1]。从北平到厦门，再到广州和上海，从北洋政府到国民政府，从章士钊、学衡派、现代评论派到创造社、太阳社，再到梁实秋、苏汶、杜衡等，统治者换了几轮，论敌换了无数，鲁迅始终没有放弃杂文。他知道自己的笔是锋利尖刻的，但他更知道有多少人借了"公理正义的美名，正人君子的徽号，温良敦厚的假脸，流言公论的武器，吞吐曲折的文字，行私利己，使无刀无笔的弱者不得喘息。倘使我没有这笔，也就是被欺侮到赴诉无门的一个；我觉悟了，所以要常用"[2]。可以说，近二十年的杂文写作生涯，鲁迅几乎关注到了社会生活的各个方面，代言了每一个弱势社会群体的遭遇与痛苦，正面迎接了每一次论敌的攻讦甚至"围剿"，始终无畏无惧。

正如鲁迅认为自己的《且介亭文集》和《花边文学》是"在去年一年中，在官民的明明暗暗，软软硬硬的围剿'杂

---

[1] 瞿秋白.鲁迅杂感选集·序言//多余的话.北京：中国友谊出版公司，2014：134.

[2] 鲁迅.华盖集续编·我不能"带住"//鲁迅全集：第3卷.北京：人民文学出版社，2005：260.

文'的笔和刀下的结集",他的其他的杂文集又何尝不是如此呢?他自谦"不敢说是诗史",那说心史倒更为贴切。近二十年的社会动荡使他在心为志,落笔为文。鲁迅始终强调,他的杂文并没有什么宇宙的奥义和人生的真谛,"不过是,将我所遇到的,所想到的,所要说的,一任它怎样浅薄,怎样偏激,有时便都用笔写了下来。说得自夸一点,就如悲喜时节的歌哭一般,那时无非借此来释愤抒情,现在更不想和谁去抢夺所谓公理或正义"[1]。也许这些所遇、所想、所说不如《野草》幽深,不如《朝花夕拾》诗意,不如《呐喊》《彷徨》形象可感,但它们赤裸裸、血淋淋,如长夜悲歌,生发于心。

因此,郜元宝对杂文的定义非常直接:"这是由鲁迅倡导和实践并提供了典范的一种文体,其内在精神,是流贯于鲁迅整个文学活动中的现实战斗精神与现代反抗意识。"[2]从某种意义上来说,鲁迅就是杂文,杂文就是鲁迅。

---

[1] 鲁迅.华盖集续编·小引//鲁迅全集:第3卷.北京:人民文学出版社,2005:195.

[2] 郜元宝.鲁迅精讲.上海:复旦大学出版社,2005:217.

第七章 寸铁杀人的杂文写作

从"人之子"到"人之父"

1919年10月，鲁迅写了一篇很奇怪的杂文《我们现在怎样做父亲》。文章本身很正常，让人奇怪的是一个自己都还没当父亲的人讨论起了我们要如何做父亲。而就在1918年到1919年这两年的"随感录"中，他也多次提到了父子关系的问题。这自然不是鲁迅在传播自己的家庭观念或预告自己将如何当父亲，而是因为改革家庭是思想革命的重要一环，将直接影响到他一直以来坚持的"立人"目标。中国自古以来"亲权重，父权更重"，在绝对父权的统治下，很难培育出下一代健全的人格。

首先是要做"人之子"。鲁迅受进化论影响很深，同时也接受了在进化论基础上发展而来的尼采的"超人"思想，所以他说："尼采式的超人，虽然太觉渺茫，但就世界现有人种的事实看来，却可以确信将来总有尤为高尚尤近圆满的人类出现。到那时候，类人猿上面，怕要添出'类猿人'这一个名词。"[①]

[①] 鲁迅.热风·随感录四十一//鲁迅全集：第1卷.北京：人民文学出版社，2005：341.

在鲁迅的进化链条上，人类的发展应该是：猿→类人猿→类猿人→超人。在鲁迅看来，我们应该还是处于从类人猿努力向类猿人发展的阶段，用《狂人日记》里的说法就是：

> 我只有几句话，可是说不出来。大哥，大约当初野蛮的人，都吃过一点人。后来因为心思不同，有的不吃人了，一味要好，便变了人，变了真的人。有的却还吃，——也同虫子一样，有的变了鱼鸟猴子，一直变到人。有的不要好，至今还是虫子。这吃人的人比不吃人的人，何等惭愧。怕比虫子的惭愧猴子，还差得很远很远。①

吃人的人大概只能归入类人猿，不吃人的人是真的人，自然还不是超人，大概可以归入类猿人。就青年人来说，这类猿人的阶段就是"人之子"。鲁迅首先鼓励青年做的就是"人之子"。在《随感录四十》中，他谈到一位不相识的青年寄来的诗。

爱情（一位不相识的青年寄给鲁迅的诗）

我是一个可怜的中国人。爱情！我不知道你是什么。

---

① 鲁迅.呐喊·狂人日记//鲁迅全集：第1卷.北京：人民文学出版社，2005：452.

第七章
寸铁杀人的杂文写作

我有父母，教我育我，待我很好；我待他们，也还不差。我有兄弟姊妹，幼时共我玩耍，长来同我切磋，待我很好；我待他们，也还不差。但是没有人曾经"爱"过我，我也不曾"爱"过他。

我年十九，父母给我讨老婆。于今数年，我们两个，也还和睦。可是这婚姻，是全凭别人主张，别人撮合：把他们一日戏言，当我们百年的盟约。

仿佛两个牲口听着主人的命令："咄，你们好好的住在一块罢！"

爱情！可怜我不知道你是什么！

鲁迅说："这是血的蒸汽，醒过来的人的真声音。"诗中的青年虽然没有反抗，但毕竟意识到自己的可怜，"他知道了人类间应有爱情；知道了从前一班少的老的所犯的罪恶；于是起了苦闷，张口发出这叫声"，这叫声正是清醒的"人之子"的声音。鲁迅强调，"人类向各民族所要的是'人'，——自然也是'人之子'——我们所有的是单是人之子，是儿媳妇与儿媳之夫，不能献出于人类之前"[1]。"人之子"第一位的是要

---

[1] 鲁迅.热风·随感录四十//鲁迅全集：第1卷.北京：人民文学出版社，2005：337-338.

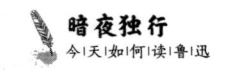

解放自己，你首先不是父之儿、母之子、儿媳之夫，而是你自己，你是"人之子"。无独有偶，鲁迅在《野草》的《复仇》（其二）中，也塑造了一位"人之子"。文中的"他"自以为是神之子、以色列的王，被钉十字架上。当"他"感受到了身体的痛苦，才发现上帝离弃了"他"，"他"终于还是一个"人之子"。这个取材自《新约全书》耶稣被钉死的故事，被鲁迅做了改写。"他"正因为只是"人之子"，其牺牲才更可贵，以色列人的钉杀才显血污、血腥，因为"人之子"是鲁迅一直呼唤的醒来的真的人。

成为了"人之子"，也要预备做"人之父"。中国传统社会主张的是"长者"本位：父母生你养你，自然有对你的权利，甚至幼者的全部都应该为长者所有。鲁迅恰恰认为道理应该相反：本位应该在幼者，置重应该在将来。所谓"幼者本位"，在梁启超那里体现为"少年中国"，在陈独秀那里体现为"敬告青年"。近代以来，很多思想家都看到了青年之于民族国家的重要性，鲁迅则从更深的层次论述了这一观念的根由。既然幼者应该是本位，那我们该如何做父亲？鲁迅的答案是："自己背着因袭的重担，肩住了黑暗的闸门，放他们到宽阔光明的地方去；此后幸福的度日，合理的做人。"鲁迅批判了父亲对子女有恩的观念。父母生了孩子，并不等于就给孩子放了债，就该把孩子当成自己的私产。那父子之间不是

"恩",总该有感情的维系吧?

【经典品读】

> **《我们现在怎样做父亲》主张父子之间不应说恩,而应说爱**
>
> 人类也不外此,欧美家庭,大抵以幼者弱者为本位,便是最合于这生物学的真理的办法。便在中国,只要心思纯白,未曾经过"圣人之徒"作践的人,也都自然而然的能发现这一种天性。例如一个村妇哺乳婴儿的时候,决不想到自己正在施恩;一个农夫娶妻的时候,也决不以为将要放债。只是有了子女,即天然相爱,愿他生存;更进一步的,便还要愿他比自己更好,就是进化。这离绝了交换关系利害关系的爱,便是人伦的索子,便是所谓"纲"。倘如旧说,抹煞了"爱",一味说"恩",又因此责望报偿,那便不但败坏了父子间的道德,而且也大反于做父母的实际的真情,播下乖剌的种子。……

所以,鲁迅得出结论:"我现在心以为然的,便只是'爱'。"我们又一次说到"爱",是的,鲁迅从来不是说恨的作家,他的杂文创作的基础也是"爱"。因为"爱",父母对于子女，才会"健全的生产，尽力的教育，完全的解放"[①]。在《随感录六十三》中，鲁迅再次强调："将来便不特没有解放的话，并且不起解放的心，更没有什么眷恋和凄怆；只有爱依然存在。——但是对于一切幼者的爱。"[②]

鲁迅在他写的另一篇"随感录"里，就呼吁："因为我们中国所多的是孩子之父，所以以后是只要'人'之父！"[③]考虑到这是鲁迅全部杂文的起点，我们可以说鲁迅的杂文创作就是在呼唤"人之子"和"人之父"的产生。而从文化的角度看，鲁迅正是中国现代文化的"人之父"。

要催生健全的人，首先要改善人与人之间不平等的关系。讨论如何做父亲，其实质探讨的是父与子该保有一种什么样的平等关系。同样的问题还有男女平等，或者说，女性该如何争取平等权利。在《我之节烈观》里，鲁迅很严肃地探讨了中国历史文化中一个很荒诞的概念：节烈。鲁迅首先抛出的一个问题是："不节烈的女子如何害了国家？"难道不是应该有兵盗在先，才可能出现节不节烈的问题？这兵盗的到来自然不是

[①] 鲁迅.坟·我们现在怎样做父亲//鲁迅全集：第1卷.北京：人民文学出版社，2005：144-145.

[②] 鲁迅.热风·随感录六十三//鲁迅全集：第1卷.北京：人民文学出版社，2005：381.

[③] 鲁迅.热风·随感录二十五//鲁迅全集：第1卷.北京：人民文学出版社，2005：312.

第七章 寸铁杀人的杂文写作

女性的责任。鲁迅继续抛出的问题是:"何以救世的责任,全在女子?"传统社会由男性治世救国,出了问题怎么就都算在女性的头上。即便按男女平等的新说,责任也要男女分摊。鲁迅的第三个问题是:"表彰之后,有何效果?"节烈这事,并不是人人能守,万一丈夫长寿、天下太平,是不是一辈子只能做此等的人物?那如果都想做节女或烈女,是不是内心都盼望世道不平或丈夫遇难?鲁迅以持续的追问逼出了节烈概念的荒诞,这是一个貌似道德其实反道德的概念。在鲁迅看来,"道德这事,必须普遍,人人应做,人人能行,又于自他两利,才有存在的价值"[1]。

节烈可以不论,那女性到底如何争取自己的平等权?鲁迅在《娜拉走后怎样》中给出了自己的思考。这原本是一篇在北京女子高等师范学校的讲演,也是一篇精彩的杂文。鲁迅杂文很少空谈概念,往往以形象的例子引出。这次举出的是挪威剧作家易卜生的代表作《娜拉》。《娜拉》在"五四"时期被视为鼓励女性解放的名剧,其剧情大致为:原本以为生活在幸福之家的娜拉,发现丈夫不过是把她当作玩偶,她要么是丈夫的妻子,要么是孩子的母亲,唯独不是她自己,所以在经历一系列事情后,最终选择离开家庭。该剧一经胡适介绍进国内,便

---

[1] 鲁迅.坟·我之节烈观//鲁迅全集:第1卷.北京:人民文学出版社,2005:123-124.

引发了众多新女性的追随，娜拉成为她们勇敢冲破旧家庭的代言人。鲁迅的讲演正是从娜拉的出走开始，他的聚焦点不在娜拉走还是不走的问题，而是走了以后怎样。鲁迅的结论是：不是堕落，就是回来。因为当时的中国并不具备新女性准备独立生存的土壤，女性冲出旧家庭后，社会没有为她们提供平等就业的权利。所以，鲁迅认为，"人生最苦痛的是梦醒了无路可走。做梦的人是幸福的；倘没有看出可走的路，最要紧的是不要去惊醒他"。但既然娜拉已经醒了，自然不能再回到梦境。鲁迅说，那首先该争取的是经济权，"在家应该先获得男女平均的分配""在社会应该获得男女相等的势力"。具体如何争取的方法，鲁迅说他不知道，但策略是韧性的战斗，所谓"无需乎震骇一时的牺牲，不如深沉的韧性的战斗"[1]。

---

[1] 鲁迅.坟·娜拉走后怎样//鲁迅全集：第1卷.北京：人民文学出版社，2005：165-171.

第七章
寸铁杀人的杂文写作

是投枪,也是匕首

鲁迅的杂文被称为匕首和投枪,已成通行的说法。最早做出这种比喻的是鲁迅本人,他认为"生存的小品文,必须是匕首,是投枪,能和读者一同杀出一条生存的血路的东西"[1]。这是他为小品文指出的出路,也是他对自己杂文写作的要求。他在另一篇文章里,也用过匕首的说法:"现在的各种小周刊,虽然量小力微,却是小集团或单身的短兵战,在黑暗中,时见匕首的闪光,使同类者知道也还有谁还在袭击古老坚固的堡垒,较之看见浩大而灰色的军容,或者反可以会心一笑。"[2]这种小周刊大致指的是《语丝》,所以匕首的说法依然是形容杂文。

郁达夫用了这个现成的比喻:"鲁迅的文体简练得像一把

---

[1] 鲁迅.南腔北调集·小品文的危机//鲁迅全集:第4卷.北京:人民文学出版社,2005:592-593.
[2] 鲁迅.华盖集·通讯//鲁迅全集:第3卷.北京:人民文学出版社,2005:25.

匕首,能以寸铁杀人,一刀见血。"[1]鲁迅逝世后,冯雪峰在一次纪念讲演中正式提到匕首和投枪的形容:"鲁迅先生独创了将诗和政论凝结于一起的'杂感'这尖锐的政论性的文艺形式。这是匕首,这是投枪,然而又是独特形式的诗!这形式,是鲁迅先生所独创的,是诗人和战士的一致的产物。"[2]匕首、投枪的说法自是形容鲁迅杂文的犀利、尖锐,而且每击必须见血。但如果就两种武器的形象性来看鲁迅的杂文,我认为,投枪是直指敌人,直接、勇猛;匕首灵巧、犀利,除了适合与敌人近身肉搏,更可以解剖自己。鲁迅一生不断掷敌人以投枪,又何尝不是时时自剖血肉:"我的确时时解剖别人,然而更多的是更无情面地解剖我自己"[3]。

鲁迅一生有很多论敌,但绝少因私怨而撰文。他的投枪往往投向的是妨碍国民性健康发展、阻碍社会进步的对立面,比如首先投向国民灵魂的卑怯。鲁迅早在东京留学时就常常思考怎样才是最理想的人性、中国的国民性中最缺乏的是什么。后来,鲁迅敏锐地发现,国民灵魂中缺乏的是勇气,所多的是

---

[1] 郁达夫. 新文学大系散文选集导言//郁达夫全集:第11卷.杭州:浙江大学出版社,2008:191.

[2] 冯雪峰. 鲁迅论//冯雪峰全集:第3卷.北京:人民文学出版社,2016:321-322.

[3] 鲁迅. 写在《坟》后面//鲁迅全集:第1卷.北京:人民文学出版社,2005:300.

第七章
寸铁杀人的杂文写作

卑怯。卑怯是鲁迅经常用到的字眼，核心特征是"对于羊显凶兽样，而对于凶兽则显羊相，所以即使显着凶兽相，也还是卑怯的国民"[1]。具体说来，对于羊显凶兽样，就是对弱者的蹂躏和践踏。在鲁迅看来，中国人因受强者的欺侮太重，所以积蓄的怨愤太多，"但他们却不很向强者反抗，而反在弱者身上发泄，兵和匪不相争，无枪的百姓却并受兵匪之苦，就是最近便的证据。再露骨地说，怕还可以证明这些人的卑怯。卑怯的人，即使有万丈的愤火，除弱草以外，又能烧掉甚么呢？"[2]所以，对中国人而言，最重要的不是手里有枪炮，如果灵魂里的卑怯不改，这枪炮最终对准的是自己人，"假使这国民是卑怯的，即纵有枪炮，也只能杀戮无枪炮者，倘敌手也有，胜败便在不可知之数了。这时候才见真强弱"[3]。有时候，卑怯也会换其他的伪装，如听天任命，如中庸。鲁迅无情地撕开其假面："先生的信上说：惰性表现的形式不一，而最普通的，第一就是听天任命，第二就是中庸。我以为这两种态度的根柢，怕不可仅以惰性了之，其实乃是卑怯。遇见强者，不敢反抗，便以

---

[1] 鲁迅.华盖集·忽然想到（七）//鲁迅全集：第3卷.北京：人民文学出版社，2005：64.

[2] 鲁迅.坟·杂忆//鲁迅全集：第1卷.北京：人民文学出版社，2005：238.

[3] 鲁迅.华盖集·补白//鲁迅全集：第3卷.北京：人民文学出版社，2005：107.

'中庸'这些话来粉饰，聊以自慰。"①

当然，鲁迅的表述有时候会让人不舒服，中国人如何任何的句式仿佛让人看到的全是黑暗。鲁迅自己也思考过这个问题，他说："我所指摘的中国古今人，乃是一部分，别有许多很好的古今人不在内！然而这么一说，我的杂感真成了最无聊的东西了，要面面顾到，是能够这样使自己变成无价值。"②也就是说，鲁迅从来不认为所有的中国人都是卑怯的，他自己不是列举过很多民族的脊梁吗？但如果每次行文都面面俱到，比如用"有的中国人"，比如"一分为二地看"，那不就成了他自己最讨厌的中庸吗？当然，这其中也有战斗的策略问题。鲁迅常常说，在中国改革是很难的，连搬动一张桌子、改装一个香炉都可能要流血，甚至流血也未必能办成。所以，斗争是需要策略的。比如，你要给房子开个窗，人家不同意；但你说要拆掉他的房子，他可能就同意你开窗了。鲁迅杂文的批判方式大抵用的也是如此的策略。归根结底，对国民性批判的目的是呼唤新的国民性。鲁迅虽然常常说出悲观的话，但骨子里从未放弃希望。在他看来，生命终究是向上的，虽然不会如我们想象得那样顺

---

① 鲁迅.华盖集·通讯//鲁迅全集：第3卷.北京：人民文学出版社，2005：27.

② 鲁迅.华盖集·忽然想到//鲁迅全集：第3卷.北京：人民文学出版社，2005：19.

利:"生命的路是进步的,总是沿着无限的精神三角形的斜面向上走,什么都阻止他不得。"①虽然在三角形的斜面上行进有一定的阻力,甚至有时候坡度太大,行进迟缓,但终究是向上的。

鲁迅有时候也会把投枪直接投向现实的政治势力,这体现了他极大的勇气。比如1926年的"三一八"惨案,段祺瑞政府开枪打死游行群众四十七人,伤二百余人。鲁迅愤怒了,一连写了好几篇文章予以谴责。如《无花的蔷薇之二》:"现在,听说北京城中,已经施行了大杀戮了。当我写出上面这些无聊的文字的时候,正是许多青年受弹饮刃的时候。呜呼,人和人的魂灵,是不相通的。"②他在文章的结尾直接注明"三月十八日,民国以来最黑暗的一天,写"。比如在《"死地"》里:"人的苦痛是不容易相通的。因为不易相通,杀人者便以杀人为唯一要道,甚至于还当作快乐。"③最著名的当然是《纪念刘和珍君》:"我在十八日早晨,才知道上午有群众向执政府请愿的事;下午便得到噩耗,说卫队居然开枪,死伤至数百人,而刘和珍君即在遇害者之列。但我对于这些传说,竟至于

---

① 鲁迅.热风·随感录六十六//鲁迅全集:第1卷.北京:人民文学出版社,2005:386.

② 鲁迅.华盖集续编·无花的蔷薇之二//鲁迅全集:第3卷.北京:人民文学出版社,2005:278.

③ 鲁迅.华盖集续编·"死地"//鲁迅全集:第3卷.北京:人民文学出版社,2005:282.

颇为怀疑。我向来是不惮以最坏的恶意，来推测中国人的，然而我还不料，也不信竟会下劣凶残到这地步。况且始终微笑着的和蔼的刘和珍君，更何至于无端在府门前喋血呢？"[1]对于当时身居北京的鲁迅而言，写这样的文章是要冒生命危险的。但鲁迅的价值还在于，无论他如何愤怒，无论他如何同情被害的学生，他依然要说出自己冷静的思考，虽然有时候显得不是那么合时宜。《"死地"》一文中，在抨击完杀人者的残暴后，他依然提出警告：我们是善于忘却的民族，面对这四十多具尸体，我们要记住他们的沉重，"会觉得死尸的沉重，不愿抱持的民族里，先烈的'死'是后人的'生'的唯一的灵药，但倘在不再觉得沉重的民族里，却不过是压得一同沦灭的东西"[2]。《纪念刘和珍君》一文，他一方面痛惜刘和珍的被害，另一方面也在这篇以纪念为主的文章中提出他历来的主张——他反对请愿这种爱国的方式："人类的血战前行的历史，正如煤的形成，当时用大量的木材，结果却只是一小块，但请愿是不在其中的，更何况是徒手。"[3]

---

[1] 鲁迅.华盖集续编·纪念刘和珍君//鲁迅全集：第3卷.北京：人民文学出版社，2005：291.

[2] 鲁迅.华盖集续编·"死地"//鲁迅全集：第3卷.北京：人民文学出版社，2005：283.

[3] 鲁迅.华盖集续编·纪念刘和珍君//鲁迅全集：第3卷.北京：人民文学出版社，2005：293.

第七章
寸铁杀人的杂文写作

除了这些投枪式的杂文，鲁迅很多的文章都是从小事入手，仿佛手持匕首的近身肉搏。如鲁迅的第一本杂文集《坟》中，一撇胡子，一面镜子，一则雷峰塔的传闻，一次看牙，甚至一句"他妈的"都可以敷衍出一篇杂文。比如《说胡须》，鲁迅对着镜子修理胡子，引发了几段关于胡须的回忆：一位名士笃定某张宋代皇帝的画像是日本人伪造的，因为皇帝的胡子是日本人式的上翘的胡子；一位船夫认定"我"是日本人，因为"我"同样留着上翘的胡子；一位国粹家兼爱国者指责"我"学日本人的样子，因为"我""身材既矮小，胡子又这样"。一撇胡子让鲁迅看清了某些国粹家的真面目：把生活习惯硬跟爱国扯上，以反对某些事情，比如胡须的样式。这种人自然也会以爱国的名义保存某些东西，比如所谓的国粹。《再论雷峰塔的倒掉》，由雷峰塔倒掉的传闻，而想到某些中国人的"十景病"，事事要好，总要面子好看。这样的结果往往是粉饰了世间的缺陷，遮蔽了社会的问题："于是无问题，无缺陷，无不平，也就无解决，无改革，无反抗。因为凡事总要'团圆'……"[①]所以我们要睁开眼看。这种写法特别符合鲁迅所界定的《语丝》的特色："任意而谈，无所顾忌，要催促新

---

① 鲁迅.坟·论睁了眼看//鲁迅全集：第1卷.北京：人民文学出版社，2005：251.

的产生，对于有害于新的旧物，则竭力加以排击。"①

鲁迅杂文的魅力自然也来自他的幽默，幽默中的匕首如温柔一刀，准确而无法抵抗。陈丹青用"好玩"来形容鲁迅的幽默，他说：康有为雄辩滔滔但不好玩，陈独秀鲜明锋利但不好玩，胡适开明绅士但不好玩，郭沫若风流盖世但不好玩，茅盾、郁达夫、周作人、林语堂都不好玩。但这种"好玩"不是油滑，不是耍嘴皮子，而是体现在看待事物的态度和方法上。所以，陈丹青认为，"'五四'众人的批判文章总归及不过鲁迅，不是主张和道理不及他，而是鲁迅懂得写作的愉悦，懂得调度词语的快感，懂得文章的游戏性"②。鲁迅的"好玩"真是与生俱来，虽然我们的印象中他总是一副严肃的面孔。他写《论照相之类》，"所谓S城者，我不说他的真名字，何以不说之故，也不说"③。他全部的意思是：你猜得到我不说，你猜不到我也不说，不说的理由我也不说，总之是不说。这不是逗你玩吗？是的，这就是鲁迅的"好玩"。他写《马上支日记》，这真是一个奇怪的题目，一经解释就让人觉得这定然是篇好看

---

① 鲁迅.伪自由书·我和《语丝》的始终//鲁迅全集：第4卷.北京：人民文学出版社，2005：171.
② 陈丹青.笑谈大先生.桂林：广西师范大学出版社，2011：30.
③ 鲁迅.坟·论照相之类//鲁迅全集：第1卷.北京：人民文学出版社，2005：190.

的文章。事情的来龙去脉是这样的：鲁迅见《语丝》的老板李小峰，并告诉对方自己要写篇《马上日记》给刘半农的副刊。李小峰有点失落，说"你把回忆类的文章归在《旧事重提》，这是在《莽原》上登载的；把当下的杂感写进《马上日记》，这是给别人的副刊"，然后不说话了。鲁迅懂他的意思：那你在《语丝》上做什么呢？然后，鲁迅就在文中解释了："政党会设支部，银行会开支店，我就不会写支日记的么？因为《语丝》上须投稿，而这暗想马上就实行了，于是乎作支日记。"① 这就是鲁迅，幽默感无处不在，取个题目都能妙趣横生。

【我来品说】

1. 在很多人认为杂文不是创作的论调下，鲁迅为什么要持之以恒地进行杂文写作？
2. 如何理解众人把鲁迅杂文喻为匕首和投枪？

---

① 鲁迅.华盖集续编·马上支日记//鲁迅全集：第3卷.北京：人民文学出版社，2005：339.